奎文萃珍

古今清談萬選

［明］周近泉 編

文物出版社

圖書在版編目（CIP）數據

古今清談萬選 / (明) 周近泉編. -- 北京 : 文物出版社, 2024. 9. -- (奎文萃珍 / 鄧占平). -- ISBN 978-7-5010-8505-7

Ⅰ. I242

中國國家版本館CIP數據核字第2024CX0378號

奎文萃珍

古今清談萬選 〔明〕周近泉 編

主　　編：鄧占平
策　　劃：尚論聰　楊麗麗
責任編輯：李子裔
責任印製：張　麗

出版發行：文物出版社
社　　址：北京市東城區東直門内北小街2號樓
郵　　編：100007
網　　址：http://www.wenwu.com
郵　　箱：wenwu1957@126.com
經　　銷：新華書店
印　　刷：藝堂印刷（天津）有限公司
開　　本：710mm × 1000mm　1/16
印　　張：29.25
版　　次：2024年9月第1版
印　　次：2024年9月第1次印刷
書　　號：ISBN 978-7-5010-8505-7
定　　價：160.00圓

序言

《古今清談萬選》四卷，明周近泉編。

此書卷端題《新鐫全像評釋古今清談萬選》，是晚明書坊編輯的一部小説選本，刊刻于萬曆年間。王重民先生據此書卷二《曇陽仙師》事在萬曆八年（一五八〇）九月，考訂其書必成于其後。陳國軍又據《曇陽仙師》條中『相國』之稱謂，聯繫王錫爵入閣時間在萬曆十二年（一五八四）十二月，進一步考訂其書必成于萬曆十三年（一五八五）之後。

至其編者，亦有二説。傅惜華等人認爲《清談萬選》的編者是林世吉，依據爲此書前有署名『泰華山人』的序，而林世吉號泰華，別署泰華山人。另一説編者爲周近泉，依據爲此書卷端題『金陵周近泉綉梓』。據任明菊的考證，此書編者當是周近泉，而不是林世吉，其依據如下：書前序中明言『乃一日友人手書謁余，即之題曰《萬選清談》』，顯然作序之『泰華山人』僅作書序人，而非編書之人；書前序言云『書于金陵之大有堂』，大有堂爲南京書賈周近泉之堂號，周氏以此堂號刊書頗多，則序言中所説『友人』，當即周近泉。此説可信，因此我們認爲《古今清談萬選》的編者是南京書商周近泉，成書于萬曆十三年之後。

晚明時期，江南出版業發達，作爲商品的日常讀物層出不窮。這些日常讀物，既有日用類書，也有各類供人消遣的筆記、小説等作品。書坊和書賈也深度參與到這類通俗讀物的編寫中，《古今清談萬選》即是此例。明代的南京周氏家族，是從事出版行業的世家。據張秀民先生統計，明代南京的周姓書坊共有十四家，周近泉大有堂即在其內。除《古今清談萬選》外，周氏大有堂還刊刻過《御制大明律例招擬折獄指南》《皇明寶訓》等書。

《古今清談萬選》的内容主要爲志怪或傳奇小説，共收録有六十八篇，有些故事來源可得考證。據任明菊考證，其中有十八篇故事可以確知來源和出處，如《張生冥會》《吴生仙訪》等九則故事，均出自明人所編《鴛渚志餘雪窗談异》；有些來自更早的小説集，如《虢州仙女》《洛中袁氏》《宛中奇瓣》《西顧金車》四則均出自《太平廣記》。另外，還有更多的故事來自他書，但被編者進行了擴寫或改寫。如果把這些考慮在内，《古今清談萬選》中大部分故事均來自其他筆記或小説集。

《古今清談萬選》對收入小説幾乎均進行了或多或少的改動。上文所言其中有十八篇小説可以確知其直接來源，但這十八篇小説也經過了編者的改動，如《新鄭狐媚》一篇抄自《剪燈餘話》，但删削五百餘字。書坊編書，爲了降低成本，對原文進行删削，是較爲常見的現象。

值得一提的是，明代的南京既是刻書業的中心，同時也是版畫藝術創作的中心。這些刊刻商品書的書坊，爲了招徠顧客，往往以『綉像』『全像』等作爲行銷之手段。同時，晚明刻書多帶評點，傳奇小説亦不例外。此書卷端所題『全像評釋』，即屬此類。其内文有版畫插圖多幅，人物生動，刊刻精美，允爲明代金陵版畫精品。另外，此書中仍有一些小説作品，如《曇陽仙師》《渌河五妖》之類，其文本與故事情節均不見于其他書，有獨特的文獻價值。

《古今清談萬選》有明萬曆周近泉原刊本，未見其他刊本。今據明萬曆周近泉刊本影印，以供讀者閱讀使用。

編者

二〇二四年六月

萬選清談引

維旹

聖天子在御區宇廓清博士家

抵掌而談者人握靈蛇珠家

抱荆山璞矣迺一日友人手

書謁余即之題曰萬選清談

夫談譚也言也六經之言尚
矣道明矣漢天人治安王命
出師晉魏唐宋若洛神高唐
不可殫紀未聞重清談選談
曰清玄道相燕越倘亦晉司
徒寧竊疑焉而詳其簡策見

人品靈異有談物生幻者有
談出處聲律有談陰陽變化
屈伸往來幽明隱顯損益勸
懲言言僂僂井井條條未必
非覺民之鐸响未必非載道
之乘衛道在是六經在是漢

魏唐宋在是萬選萬中詎三
窟者之足云嗟嗟絲氂尾挈石
騖駘遺遠清談罷
聖化式啓筍而豪芒傍
紫薇之舍　泰華山人書于
金陵之大有堂

新鐫全像評釋古今清談萬選卷之一

金陵　周近泉　繡梓

目録一卷

目録一卷終

白璧

積石魂還荊樹全榮疑再世

重輝

鈞天夢覺桃源造物即生洲

昔趙簡子七日而復蘇藏以平奚十有六日而復生共異張倏傷絕氣續已命則此同之我后簡子列諸異以平官翰林任其則他以孫淑功任取非泄工誤此一若

張倏回生

江西新淦邑辛酉舉人張堯文水部張君克文弟也克同胞兄弟六人克居長堯次之與四弟皆從克學朝夕共業經史雖寢食又俱怡怡如也克與堯舉鄉試第（領鄉薦）於隆慶改元之夏五月將赴南宮試諸弟依戀征途不能別鄉有友同赴試者五人中有同邑一友與堯同榜且為莫逆之交者相約買舟北上七月朔日舟泊淮安郡堯患痢念餘日將愈廿五日抵清河忽中流失楫（昔有溺舟之變）舟中人恐怖呼救堯以病乍驚神倏昏迷適有運船在側高呼沉舟

當必有在矣皆出隨子少平後哉

三尺許衆皆争先匍匐過舟克獨以大被負堯若有
神翼一躍而登島登運舟從此堯病復篤醫士診之
云脉散不可為矣克遥望桃源三義祠泣且禱曰克
有弟堯文病危殆死茲遘窮途弟果死克亦不能獨
生兄弟相繼死事聞於家父母不堪憂恐有不測其
四弟多是追泣以死者蓋其情之所及至是今日之
變一家之命係之且神義結兄弟也生死不忘今克
同胞兄弟一旦他鄉死別如情之難割何神其為我
弟能起死回生乎廿六日堯息氣漸微咽渴極克口
授液接之口津液液殆盡克遂昏去無何復蘇廿七

始死而舟人聞空中語者何也神蓋以其迫於舟人而斂之也

日堯病不起早忽永訣矣舟泊桃源津口旁人因時暑促斂克不得已詣城中鬻棺斂具日午舁音棺至將就斂時若有舉堯之手及啓其手者時舟內外人俱聞若空中語云堯文他是心地善人決不終於異鄉克文你兄弟好同心你前日講過的是你明年中去聲舟衆聞且駭克自惟前日講過者及遙祈三義祠之詞也但人死竟日何能復生不敢自信且不知是何神語心甚恍惚空中又有云閑老先生去矣此後堯屍定如故克不忍斂越廿九日其屍不變氣舟不穢但肌肉消皮枯露見肋骨腹背相輳中若無

葬已許之生矣又時而室中有声者何也神益堅其兄之志而併存之也

腑臟舟中人懼且形於言 謂其當斂 克文不得已負屍移於龍神廟內前土室中届八月朔日克復往三義祠祈籤得善報病不死之句二日克以憂懼廢寢食久病不能支 持 更強起書疏將往焚之廼聞室中大聲云你一人收盡兄弟魂魄如何克應曰此何說也彼復云不看你紙上寫的 持所書疏 三日同舟莫逆友北上急竊入廟內覘克屍默默而出室中有大聲呼克文云某適到此他知人死無生之理却不知人死有生之理克以所言追問之其友云我果至無言真有此意念耳 謂人死無生之理 越五日之五鼓

水部之往視亦以友于之義歟彼神明耳

友乘早發舟室中鞦有聲云舟中同來人去矣黎明令人視之果然（同來友果去）是夜兄初失同行友惟與二三僕孤守荒廟不遑寢處人號冤哭慘切萬狀及晨持水一盂往祝于神曰弟今不回者八日矣肌日枯不少變從前未之聞者得無有回生之理乎惟神冥相爲其今持水入室中注（灌）向弟口得咽下是果可生矣及兄入室兄負墻而立若或擧之（如有人舉之者）忽即仆又若有扶之者畧無躓損也遂極力啓其牙匙水入口注入三四匙越九日更以米湯如前視飲之得入一杯許越十二日聞室中大聲云黃

俟亡魂遊而漸由啓豈露奔蹤河分矣人故鄉滿公之廟手諸所經歷若存于無何有之鄉冥冥漠之不知所止者亦一大憂也

河決大事也又云蕭老官且辭我暫歸去如此許六數事時桃邑有鄉先生朱中丞公家居已致政時克往謁具告其事中丞曰曾聞有人死魂遊復返之事今日事相類汝弟決可生也十三日邑有胡姓太學生日見克狀可憫惻來顧克謂荒廟不可久居盍移於余舍之別室胡生之言克扶弟入卧輿往就之覺手足微柔可運尚未有生氣也十五日太學生邀克往一話僕入室近枕聞有微聲云大哥何處去了此魂初返時僕驚以告克歸問其聲何如僕曰聲甚微不可聽畧聞此一句但似二官人本來聲也克疑此

莫果還魂矣但彼氣方生莫可驟驚且俟之十六日黎明趨以告三義祠歸入室中携其手堯亦以指微拈克手克遂手啓其目睫不能開久之微開能識克因微問曰此何時克告以八月十五日也又問曰此何地告以桃源堯云方在淮安（堯初患病處）如何就到桃源也復默然越十八日微聲自語曰我回件件不是我的（形不相似）當初大哥極恩愛我柰何我去了交付他的件件不是我如何回得十九日又曰我如今回不得去又不得若件件不是我的我還要去了克瘦（入聲）其魂初遊時皆本來面目今返魂時腿

向使水部未能指点真体動以至情則呼吸之間離魂神不得復挽而留之矣

肉脱落不似其形故耳乃慰諭之以手按其心曰此件可是你真的堯少頃曰此件到是（心則不變）克曰此件是件件是汝兄為汝守得好好的你不可再去再去不得回矣克然曰你再去我亦從你去意以至言動其真性彼決不忍兄與之俱逝（性）或可挽其去也廿日堯索鏡自視眸子視得其形微哂曰是我矣（魂已定）日飲以粥又數日食（去聲）之飯又數日少食之肉食（如字）並不用藥劑覺息氣漸生肌肉漸實間能坐又漸能步一一如嬰兒之就長至九月終旬其形充然如昔而面貌則微異矣十月堯與堯痛哭辭

魂返而生形諸問答一一記憶何莫而非神之力之所為也

三義祠復買舟北上克即欲以前事詢之恐心神初安或驚且悸怪異舟居數日見其心神怡悅乃徐問以黃河決之事此室中語堯默然隱几良久乃云有此景象我到崑崙山黃河源循河而走至入中國境河決壞我意決為中國患甚巨竭力疏導之甚疲劳連日乃得息又詢及蕭老官數語堯亦默然隱几久之云我至故里蕭神廟中見其上虛一席我坐其間傍諸神不能容我遂辭歸當時若容我坐我不歸矣凡閨室中之語一一問之皆得其故各有說然不及盡述也舟抵都下詢知同行諸友寓一寺中堯徑先

抵京乃二月六日夜場事幾至於廢若亦彼蒼之有意也

入諸友乍見意者人耶非人耶相顧駭愕不敢近堯
僾覔莫逆友同榜者其友更驚惶盖度入聲其世無
回生之理茲所見又非人也堯告之曰某今果得生
矣其友不之信出見堯堯以實告友始驚定諸友聞
之乃近席話別爲越明年戊辰春堯果中南宮第舟
中明年中之語驗矣又三年夏淮邳間黃河忽大決
悉如前語云前室中黃河決之語有客異其事録之
以廣其傳恒陽施大夫傳去聲之名曰回生傳同上
嗚呼死生往復之理鬼神潛通之機兄弟友愛之感
世族積善之報若是夫

神會
護衛真乘萬古法輪從地轉
清淡吹萬與
卷之一

毗汝
破除羅道一團寶鏡自天懸

世之信事邪說者往往以女師男老以雜處兄弟尊佛以爲奇多久矣爲秉正者所疾惡矣但習染深下法不能易可勝惜哉

張生冥會

禾城張姓者處士也居鴛湖（湖名）南有簞瓢之樂（音洛）無軒冕之累往來叢林中與釋子談禪頗識真乘（旨）（識禪經旨）萬曆三季秋見里中磨腐屠豬之妻各宣羅道偈（偈那）煽惑男婦從者甚衆（惑衆誣民）張欲攘臂斥之其妻止之曰子救死且不贍奚暇管人閑事哉因咲而罷後忽夜對月獨坐見二力士（武人）黃巾綉襖向前施禮曰毗沙門天王邀處士一面張倉卒（張皇）未及致問忽一人牽青獅來玉勒錦韉蹲（蹋）於地力士扶張乘之空濛中覺風雷聒耳雲霞欄目

張無盡即處士之前身衛乘不可考信而其衰正疾邪之心則可見其在前世今世而皆然者

頃至一金城守者森列更越重平聲門方抵殿下其
天王偖首象鼻若寺中所塑狀張再拜天王荅禮命
坐於側旁從平聲容謂曰朕為兩曜之宗諸佛之佐
方今天下羅道肆偽亂吾真教雖螢火難以侵太陽
而莠艸未免傷美稼二句喻言譭法者寧不寒心昔
張無盡人名即處士前身衛乘多矣今乃見義不為
恐前功因之遂棄前身衛乘之功所以奉邀至此者
欲勞史筆一正群邪耳即命近侍持白玉硯文犀管
并雲箋夫餘致列張前張遂俯首聽命一揮而成詞
曰竺乾貝葉流香墨白馬遙馳入中國欲識前途訣

重書且書夫械群邪之所治在當户者固當知所以自覺而弱俗者能不知所以自悠鼓張本夫本吹於此歟

轍源須知出自真乘力今來此教多披糜繆以羅道
名無爲宣揚偈語滿鄉邑善者呵拜惡者隨動言地
獄駭凡情妄造新詞誘設盟無知女婦一朝信輕夫
獻子井趋迎斯時探指燃香立豈期香内先施術醜
者無如妍有緣晨昏常許來齒室於焉往往事淫污
時人互作摩臍呼慨茲失身且不悔猶假借宣偈愚
其夫法兼照鏡與臨水不能入會深相媿流風染俗
多害人世道之中一大祟（音遂）君不見漢時大盜稱
黃巾（黃巾爲號）仗此鼓舞千萬人又不見紅巾聚衆
亂元末（白蓮會）星火涓流終莫遏于今羅道倡四方

狀世俗之信邪者羅道之所謂既詳且晰有旦有聊宜其喜動天王而行旌幢鼓樂導之前諸菩薩蓋不必其實有是事而可信其有此理矣

預令男娘無三綱香花輪供若真聖纖毫無驗俱益唐（音宕）更能饕口巧需索麵首一呼人百諾比之二盜尤倡狂（害甚於黃巾紅巾）財色無婪（貪）慾溝壑吾今歌此羅道篇直將法鏡懸中天分明照破羅道膽縱有僞教誰宣傳書罷進呈天王閱畢喜曰處士此作可謂曲表邪行（去聲）大轉法輪矣朕將呈覽諸佛開示十方處士獲福更無量也言訖送行則牽獅者候於闕下更有擎旛執蓋奏樂儔香前導者甚衆須臾到家諸人倏然散去張恍若夢之覺焉耳時有共張生處室者悉其事故為之錄一過

龝夜

月朗風清萬古山河渾似舊

聯吟
酒酣詩放百年身世欲登僊

屆中秋之月夜得八士之聯吟時既佳矣遇亦奇矣

尚質聯詩

咸陽商尚質字時中文人也雅好讀書手不釋卷築室於南莊別墅（音署）天寶（年號）中尚質徙居焉日讀書其間雖夜分不輟（止）久之時值中秋但見銀河在天月色在地平分秋景萬里清光稱良夜哉質乃推牕對月獨酌（酌酒）賞心因吟七言近體詩一律詩曰秋色平分月正圓南樓清興（去聲）浩無邊雲收鳳闕懸金鏡水滿龍池泛白運萬古山河渾似舊百年身世欲登僊何當喚起林皋叟斗酒江流共放船詩成朗吟再四（吟咏以適興）舉頭視之但見月下有八

八人之生大抵皆長於文若故其英魂不與骸形同朽哉也

人爲或老或少、年旣不同、而野服綸巾。亦自爾各異。
聞尚質唫、揖而進之、謂曰、子輩皆近村居氓民也。因
値良辰。散步自適。忽聞文士（稱尚質）在此唫咏。予輩
欣羨不置。故特訪耳。尚質信其言。得不甚佈。（驚）遂命
蒼頭。洗盞共酌。八人相顧謂曰、此宵良矣。可無詩以
紀之乎。衆曰、盍共聯之、（各聯一韻）一人先唫曰、渭水
東流落日西。一人應聲曰、咸陽秋色望中迷。又一人
曰、荒烟古渡人稀到。又一人曰、衰栁空城馬自嘶。又
一人曰、覇業已消三月火。（烽火三月）又一人曰、斷碑
猶帶數行題。（豊草斷碑）又一人曰、東門牽犬人何在。

干尚質之詩老固知重尚質之文蓋亦陰以惜尚質之生氣也

吠犬東門末一人曰空見年年碧草齊吟已八人捧觴至尚質前曰予輩久處村埜野憒憒然罔克有知但見春花灼灼秋草離離春復秋寒暑相推燕鴻更平聲代既無車馬之填門惟有雀羅之可設欲新旧染當得佳言干尚質詩足下倘不鄙林泉之塵客願慨賜一律之珠璣野人有幸蓬蓽音必生輝使觀者以為羨而書者以為榮則予輩幸甚予輩幸甚尚質許諾遂呼蒼頭索取紙筆書一律以贈之詩云幽居渾似聘君亭門對青山盡日扃自閉一榻茶烟陰處颺飄蕩半牕松雨夢回醒平聲鴻都官好羞輸直虎

婦而八人之吟詠既乃荒冢之纍纍已當其時能不為之心動耶乎

觀門深懶話經。一卧空林知歲晚。無人道是少去聲
徽星書罷、手授八人、人各大喜、各於袖中取筆墨至
尚質前謝之。同案前蒙賜圭璋。此詩予輩不勝感佩。
茲具筆墨。以助文房。伏冀笑留。是荷。頃爲斜月啣歸。
殘星鏗落。霜露既降。曙色朦朧。而不覺東方之已白
矣。八人拜辭成禮而出。尚質坐定。因取筆墨視之。乃
泥爲之者。始大驚悟。遥望一林隱密。尚質緩步其間。
盡荆棘載道。荒塚纍纍。樵而所贈之詩尚在樹杪。尚
質異之。不敢回視而亟返云。

南湖
一水臨門微雨過溪秋覺淡

奇遇

萬竿背屋落霞凝彩暮偏遲

或問曰吳子仙乎曰仙何言之然凡仙之爲仙也心無貪欲身無係累今吳子天地做空洞山爲手詩書嘯花鳥同機是身心見忘貪係爲者

吳生儇訪

洪武中有吳子者別號自得一儇喜詩嗜酒然終不及誕炭且亂居常恂恂如愚弱人而胷中則艸芥軒冕塵土金玉輕視富貴家給雖不豊此心怡然曰堂上有親可事膝下有兒可娛樂入声在是矣外慕奚益結茅於南湖之幽村中一水臨門萬竿竹背屋堂中羅列書卷几上日置太史傳去聲蘇韓文文宗及李杜詩詩選諸名人畫墨而玩讀焉或有所得即美筆一賦書罷從倚松槐之下睇觀臨流水斟酌鼓推又與舞蝶鳴蜂鵁鶄鸂鶒相接應不暇倦則脫巾跣

仙斷此在矣何必蟬脫雲升鋉形辟谷而后謂之仙也哉

号假息於梅花帳中覺音教來從平聲容坐竹榻上揭爐撥火焚好香一兩片飲苦茗半甌彈無譜琹一曲仍出步庭中拾殘花喂盆鯽或遇漁舟則與論江湖之樂入聲捕經之法悠悠然不厭也已而夕陽滿樹新月當簷則命小童燒園笋炒蘿蔔呼鶴與俱一舞一酌微醉醉則鼓腹自歌步月中數十步火鳥明燈閉闥闔子書幾行再啜苦茗數口欲卷獨眠形神兩忘將曉時鳥韻竹風交醒齒憂於是眠聽半晌心氣怡然徐起披衣行導引之法畢有內養推平聲窗沐櫛則嫩綠橫門新紅向笑長溪靜碧遠墅凝青殆

嗟嗟世人逐車馬之勞塵青高江湖之苦險能不悅荷吳生以知愧哉

不知此身之在寓內也。一日荷雨新妝。梧風初動。自得子有感於心。口綴燕御落葉遮穿牖。屈約流雲補缺墻一聯。忽見一女道戴逍遙巾、披鶴氅服、髮不飾而自文。眉不描而自媚。從（同上）容向前問曰。自得子樂（音洛）乎。吳子已識其非常人。乃鞠躬稽首導之進坐曰。鄙拙衡茆。何榮仙駕。女道即趺跏艸上（席地）曰。吾與了然道人（別號云）絕遊會稽山。揮拂於雲門之巔。揚袍於禹穴之下。採蘭亭之英。濯鑑湖之派。（皆選搜尋勝）將欲返旆崑崙岱岳間。見子獨詠清凿。故來與俱。覔一時倡和（去聲）之樂（音洛）耳。吳子喜曰。鴛駘

細味晚秋村樂二十一篇雖出於一時之倡和然而景狀之妙不減唐之皮陸豈皮

拙足。雖不敢與驊騮並馳。若情趣所發。則亦嘗效秋蚓春鶊之一鳴也。女道即解背上葫蘆抜地指擊曰、了然道人可來同賞、言畢、見一老黃冠野服鬢髮蒼皤。白手持玉麈。扇飄然入門曰。貞虛君已先在矣。乃擁膝對坐。且謂吴子曰、即景言情。以晚秋村樂洛爲題。何如、皆曰可、了然道人首倡云。野徑清幽處。門惟一水深。樹溪留玄鳥。花𦷓懶忙蜂。蜆渡人難識。循溪僧偶逢。柴扉常不閉。片片野雲封。貞虛君云、身閑方是樂。洛日日倚蓬窓。雲斷孤峯出。霜明萬葉降。平聲林㣲荊遥引興。去声隴笛聽無腔。夢破非緣磬。空餘

陸哉雖錬已再生予以為不過如是也

昔人云胡忘見花下何物勝樹

壁上釘。燈 自得子云自得丘园趣追遊况及時何杉

完舊局檢竹刻新詩雨洗秋彌淡霞延暮較遲留連

竟忘返躭逸不因癡了然道人云芙蕖隨岈落秋景

秋事正依稀掃徑移弹石分沙設釣磯人鋤叟笠雨

湖送一帆暉入目俱題品難禁平声逸思去声飛貞

虛君云幸得身無累何須駟馬車庭空馴闘鶴石溜

上驚魚有寺堪譚偈禪語無隣可借書悠然羨天趣

今始是長沮隱者自得子云已解村中趣何妨卧一

儒巧嫌蛛補綱戲引蟻尋麩天静雲為幕堂虛人在

壺盃中無別計身世任糊糢飄然輕世了然道人云

蘭郎瓜中集別計之意也

睡足莊周夢魂紅酒未醒平聲牛羊眠草隴鷗鷺聚
沙汀倦息林間樹閑凭水上亭安閑自得時清徵課
少户户掩柴扃貞虛君云梨荳垂堤熟荊扉對寺開
陂分新雨足鴨帶夕陽來鬭蟋隨兒伴移花學種栽
莫嗟幽獨抱自古孰憐才有感自得子云散步同隣
叟幽禽破寂寥竹籬縈曲水蘆岸出危橋卜歲知田
稔豊占風問土謠歌今年秋事好處處樂洛豊饒了
然道人云一到臨邛宅臨邛市林泉即有緣蒼苔數
畫犬碧樹咽寒蟬即事訪逸消長日尋幽趣少季年
今宵且酩酊酊不用杖頭錢貞虛君云田家多逸趣

三人一倡一和言言換鶴容象言言有然然自得之

相欵偶衡茅野樹風烟合荒籬藤蔓交村花時作石
園筍夜成看寂寂無人擾惟容鵲築巢自得子云雅
逸非塵界多應稱隱棲溪迴疑水秀野曠覺天低嗜
淡桃疏圃貪香看菊畦李來豪志拂坐起媿聞鷄聞
鷄起舞　了然道人云庄居眞可隱到此野情多伐竹
秉新屋誅茅補舊叢風香幽砌菊霜落小溪荷　秋景
不是純荒寂隣家載酒過　平聲　貞虛君云凿懷惟爾
滕欲擬結桑麻地迴秋號葉林深晝落花推　平声　窓
驚野鶩伏枕聽池蛙此際眞堪樂　洛　應　平声　知無可
謗自得子云縄樞　居　開竹塢　地　雅致會凿風地僻心

偏遠村荒道李公業紆蛩穴冷泣落燕巢空感懷莫

道消紅紫丹楓間去聲碧桐了然道人云落落霞烟

迴縈廻小隱小居佳橙金依曲檻桂玉倚空堦望斷

排雲鴈探環　濯巢涯風霜蕭淡處蘋蓼慰幽懷

貞虛君云路迂曲徑橋斷處茆屋野棠香清居風靜

蝸書壁日高鷄啄作塲折枝憐舊蔬編棘護新篁竹

無事勞閑屐橀聲湍曲塘桔槔有聲自得子云癖愛

村居樂洛尋遊興去聲果豪開封傾綠蟻酒起措劈

黄鬈鬚搗月林砧細迎風野磬高醉眠成獨得城市

正滔滔了然道人云鬱鬱柒榆翠臨流咏濯纓泊潔

仙不在天
亦不在地
仙在吾心
千古人能
仙於心者
求仙於道
老者□何
所徃而不
謂之地行
仙御□□

牽魚調羹鱠煎稻爨香粳音庚攘蝶原知路歸鴻未識棚村翁籬樹下相對已忘情得村樂貞虛君云小墅藏人跡偏令平聲凿思去聲與高懷濃蔭結細艸晴香蒸汲水澆新芋移舟摘野菱模景最堪烟暝處隔岸幾漁燈自得子云但得箇中趣村居時暢然有偶得詩意趣難忘金露飲不盡玉壺天蟋蟀知憐我鱗鴻別有言掀髯舒一笑誰羡地行僊三人皆不假思索而二十餘章頃刻立就乃鼓掌大喜形神舉忘因謂吳子曰諸作詞雖未工景則已盡今日之會足稱良矣子其識之可乎吳子惟唯唯謙謝因起捧茶至

步履如飛之徒百有十九之年要皆養盛之自致

則不見吴乃驚訝無措急追踪跡之所之往則杳無所有画至湖橋但見二鶴横空而舞徘徊展轉若畫眄視狀者因得喟然嘆曰是也是也歸以詩畫裱軸日珍玩爲飄然信爲遇仙所謂自得者蓋自得矣自得之學愈真於是寡食養氣棄名求閑絶不干俗一塵久之步履如飛容顔愈潤日逍遥於村墅中壽至百有八十九終時復有二鶴飛鳴端坐而逝後子孫嘗以詩帙示人故人多傳録云

曠世
調轉清商夜靜花深胡燕語

知音

音成太古風號木落楚猿唫

袁生好琴不幸不生伯牙之世何者而伸道為伯牙之知何幸此月夜受化乎之教遊伯牙之户與千載不佛然不遇之千人向瀟湘之[illegible]

安禮傳琴

成都袁安禮有道之士也善吟咏樂琴瑟蜀之士人多式之（法之）漢炎興末安禮便道之（往）青城舘於村含是夜月明如晝安禮散步近郊逕聞隱隱鼓琴聲静以聽之指法極妙心懷怏（肯養）然有企仰之思疾趨至前見燈燭交輝居然一華屋也數椽粉署四壁圖書（室中所有）中坐一老叟龐眉皓髮（貌之蒼）深衣幅巾（服之古）據案而撫琴階下列行童二人一執如意珠一捧文卷（各執事）侍立甚肅若公署狀安禮很蹌（[illegible]貌）趨入稽顙再拜曰僕成都鄙人也酷好雅樂

未得真傳兹聞長者鼓琴不勝幸甚（幸大幸之至也）故此唐突（輕進也）伏冀教之顒（敬）當厚報且適聞雅操喜不自禁偶成短章乞麾膺聽詩曰空山明月夜有客坐絃琴細把清商調彈成太古音花深胡燕語木落楚猿吟（此寫景状）此意鍾期鮮（古知音者）寥寥千載心（嘆無知音）叟曰某山林野老鄙俚之甚（謙辭）偶因遣興而撫琴不意見動於知者公蓋老於音樂也（稱其知音）居吾語爲（請論樂）昔舜彈五絃之琴歌南風之詩而有雍雍和悅之氣象孔子稱之（謂韶盡美盡善）子路遊聖人之門鼓剛勁之瑟而有壯鄙殺

論琴有宗支論京琴有嶠付非浪語者照作才而悟言外是云

伐之聲音孔子惡之由之瑟奚爲於丘之門後漢自蔡邕得爨下之桐製爲佳妙其法益精嗣是而後寥寥無聞矣知者少蓋下學可以言傳上達又由心悟得之於心然後應之於指其餘自可引伸而觸類矣餘可類推遂教以鼓之之法示以得之之妙親授受已而鐘鳴古鷄唱山村叟知曙色之將傳也乃口占五言排律以贈之律詩曰畫裏蠶叢國指蜀國三川盡在眸目前闕城連遠堡形勝入邊樓落日烏蠻夕西風白帝秋斷霞飛極浦微雨暗芳洲茅屋題工部杜工部祠堂記武侯諸葛武侯柳垂瀘上步花發濯

袁生得伯牙之神跡周一時之奇遇伯牙得袁生以授受亦千載之知心

西頭萬里橋猶在三巴水自流數峯懸岸石百丈上灘舟灩澦（水名）高於馬岷峨（山名）列似虬嶺猿啼灌木杜宇叫荒丘地僻琴臺古山深劍閣幽野花供客況江草喚人愁（聯中多感慨）使節曾經駐（司馬駐劄）仙槎擬再浮（張騫泛槎）白雲渾似舊錦樹鎮常留彷彿登臨處依稀漫汗遊披圖一長慨飛輿遶西陬（隅）

安禮耳聆其教心服其善乃再拜而別自以為希世之奇遘（遇）矣忽一回顧不見其叟與童子但淒然一古祠之荒蕪及訪之則古伯牙之祠也於是安禮大得神助自是琴法高於天下一時稱絕響云

文士

譚詩

銀缸半盞應知月冷瘦梅魂

稱揭生文章與德行並高果露則本末兼全允稱佳士也

徯斯文遇

元統時揭徯斯名士也初以友人程鉅夫薦爲國子監肄業文業以文章德行去聲高一世士人爭慕之踵門求詩文者日以百計一日訪友出離都城二十里許往返留連歸則暮矣時陰雲慘慘夜色沉沉四顧茫然莫知所適僕馬疲倦徒增徬徨恐懼而已遙見林薄中隱隱有火光揭喜意又居民也疾趍赴之至則數椽草屋淒燭輝煌巍然一巨室揭大喜過望欲進謁忽一童子自內而出揭謂曰僕山東布韋也布衣寒士因訪友暮歸失道路欲求止宿可乎童子唯唯

危坐而冠帶乎少丕士雖少亦生耒

入少頃頃刻將命出迎揭整衣隨童而進但見綺戶
朱門琴棋書畫中之所有異香馥郁極其濟楚中堂
一人危坐峩冠博帶未乘凜然見徯斯至起謂曰奬
居僻陋木居所與居鹿豕所與遊麋無鷄黍之期約
乃有枉顧之顧此蓋三生有緣耳遂命行童設酒臨
溪而魚溪深而魚肥釀泉而酒泉香而酒洌潔學士
因謂徯斯曰子文士也予放曠閑居漫興去聲詩十
首敢請郢正其一曰卜地搆軒檻心閒樂入聲自生
土花凝碧嫩林葉溜紅輕月射簷牙白泉穿石罅清
自緣幽興去聲足初不為去聲逃名其二曰未老已

閒居十詠聊聊發自得之趣幽閒之高懷必有所以追蹤後斯者在

偷閑蕭蕭屋數間杯傾螺殼紫冠製鹿皮斑隱几闔
啼鳥鉤簾見遠山秋來無一事衣佩盡薰蘭其三曰
舉世長昏飲嗟誰能問獨醒平聲門無題鳳字囊有
換鵝經種就花成錦移來石作屏閒中供一玩相對
眼偏青其四曰一榻清於平聲洗翛宵然思去聲不
群囂苔行處滿黃鳥坐間鬪琴奏松梢月碁敲石上
雲蒲塘新水暖花落覆輕紋其五曰自識清堪樂洛
誰云俗可汚泉烹建溪茗香爇博山雲月冷梅魂瘦
風清鶴夢孤近來疎懶甚簪組意俱無其六曰岐踞
竟喧紛心闇若不聞字臨王逸少詩絕鮑參軍竹裏

一則曰功名遠大一則曰以保令名信乎衡生之非寓言也

鬬茶臼花前倒酒樽稽生康本高致寧肯在鷄群其七曰門逕掩蒼苔清幽絕點埃投閑惟樂道多病孰憐才竹每穿籬引花常稅地栽一簾飛絮晚遊俠不曾來其八曰遯迹衙門下棲遲得自由梅花懸小帳蓮葉泛輕舟事業慚鳴鳳生涯咲拙鳩塵纓何處濯門外有清流其九曰鎮日掩柴扃長歌醉復醒草生元亮宅竹覆子雲亭夜卜拚禁彩秋金鑄硯屏都將舊遊事一笑晚山青其十曰閑散真成癖支離頗隱淪林泉多綠蘚地僻少紅塵酒熟頻留客詩成不寄人清風無限樂即此見天眞吟已徐斯不勝健羨避席曰敢問先生尊姓學士笑曰予姓許世以學士稱之子功名遠大又非予輩所及也尚冀尔堅以保令名既而山寺鐘鳴水村鷄唱徐斯拜謝而出一回顧則華屋不知所在徐斯大驚異焉於是訪于居民咸曰世祖朝許衡學士之墓也徐斯嘆賞不置乃具牲醴致祭而去云

西湖
波静林閒萬頃湖光歸指顧

聯句

風清月白七言詩律謾唫哦

心頭追思林之高致復形之吟詠之所作顏之情性已流于林矣宜其見林也大顏林詩教益有感必通[illegible]

希聖會林

四明顏希聖大儒也咸淳末因遊學至杭府治僑居錢塘門外一日節届中秋維夕白露橫江水光接天波靜林閑一碧萬頃湖光顏遂操舟賞湖逸興倍常數四放歌花下一壺酒獨酌無相親之句李詩飄然自得莫知所止追思林和靖之高致乃於舟中唫二律以吊之其一曰肥遯孤山地西湖中身閑歲月忘種池山倒影虛閣水生涼雨潤琹絲慢風吹藥臼香隱君清趣好如字無夢到巖廊其二曰遊俠經過平昔少微門盡日扃草香侵座綠山色上樓青野服

林以笑顔扣之未見其形對其語音甚只恨顔不爲動色亦其中有主與

栽荷芰圃前潰茯苓脩然塵市外不減聘君亭吟未已俄見烟霞中一舟徐徐而來綸巾羽扇丰姿雅閒有儒風呼顔謂曰予即林逋也與子相值適承佳章媿感両集頓聯舟而遊可乎顔不爲動色從平聲容並舩而揖曰先生絶世無隻僕今得與神遊誠幸之矣林笑曰予辭謝之人久爲塵土幸蒙不鄙厠附遨遊寔清宵之一大良遘遇也頎無負焉請各賦詩一律顔謝曰先生奇驥逸足空群冀北僕區區駑鈍安所希步餘塵耶林咲曰子謬差矣彼丈夫也我丈夫也吾何畏彼哉舜何人也予何人也有為者亦若

林詩藴然有生氣以是知林陰不與草木同朽腐者

是區區固與艸木同朽腐者烏乎畏頤勿固辭以虛此佳晤可也顏再辭謝不得已乃先唫曰買得扁舟穩渾如米氏船自得看山蓬屋坐待月柁樓眠鷗鷺偏怡趣魚蝦不論錢南風十日好百丈謾須牽林唫曰去去朝京國圖書滿畫船舟楓連水驛白鳥沒江烟候吏朝早擺皷漁歌夜扣舷盛時官況情好何異去登仙顏吟曰秋水清於污染何當一葉艭舟波光迷草閣山色到蓬牕細雨須帘獨踈烟鷺下雙鸛懷正牢落誰與倒唫缸林吟曰翹首長安道孤舟幾日程隴雲迷客夢江月照離情遠水連天白高河下露

一人月夜，一賡一和，又安知生死之殊途耶

清不堪良夜永蟋蟀近人鳴秋虫顏吟曰孤鶴拉予舟橫江白露浮天長秋水瀾雲淨晚霞收斗酒聊且相慰江山足壯遊蓬牕今夜月應似在黃州赤壁之遊林瑩曰薄暮推蓬坐（推平聲）瑩懷自爽然青山應驛小白鷺點波圓野曠風生籟江清月近船夜闌渾不寐屢欲挾仙飛二人一賡一和（去聲）各適其興（去聲）已而洗盞更酌枕藉舟中而不知東方之既白矣起而視之竟失林之所在顏且驚且駭遙於舟中拜其墓而去自是顏德業大進名播遐邇擢秘書閣校書郎所著有夢林錄

隔岸
春滿江南虛谷寺前花爛熳
廿九

朗吟

月朙白下秦淮橋畔水悠游

扣舷上唫胡生諸晉人者互酬亦長於詩韻詩宜其勤聯唱美少之染奮也已

以誠聞咏

陝西賈古人胡以誠因商販之金陵夜泊宿中途時微雨復晴淡雲籠月胡因扣舷唫曰薄暮挨山鋪柴門歛夕暉夕陽蔓長松葉暗草盛荳苗稀寒犬驚人吠昏鴉接翅飛樓復驚蕭條籬外落燈火漸熹微唫已將欲就寢忽聞隔岸有人唫曰金陵佳麗地風景想依然城闕金湯固江山圖畫連晚風樓上笛春水渡頭船惆悵曾遊處而今又幾年以誠意其商中詩人不甚駭異復唫曰自古興王地繁華贍勝足誇鬪鷄巷名名巷小牧馬坊名舊坊賒稚子春乘竹園丁

蓬隙之私窺見依然之佇立則知其非人矣胡生乎此當何以為情耶

晚賣花漢家宮闕麗王汪氣結雲霞隔岸又吟曰為憶江東地風光信可憐侯門深似海官道直如絃妓女釵簪燕兒童紙放鳶別來恒在望何日賦歸田隱胡潛於蓬隙中窺之乃見一美少少年郎佇立松陰之下胡思當此靜夜安有此郎非鬼又妖也遂滅燭隱几卧又聞吟曰建業金陵僑居地悠悠入夢賒秦淮橋畔月虛谷寺前花銀燭張燈市青帘簾酒旆也賣酒家時清人事樂洛簫鼓度年華吟訖長嘯一聲入水而去胡大異之翌日訪於居民云此少年才郎也醉溺死故其英靈時出云

促膝

冥府嚴刑始信陰陽唯一理

譚心

硤山偶語那知生死竟殊途

貝公少以英才登闈掌入仕籍歷史館纂煒煒有名崇之野史民碑今尚可考據今非誣也然則談之人不可知歟為貝瓊其不愉因具公可知矣

貝瓊遇舊

浙崇德貝瓊者洪武中人也友談經其祖父世為隆居同以儒學繼業故瓊與經兒同嬉戲幼同習長上聲同筆硯文章義勝金蘭斷金如蘭誓堅刎頸時人以為管鮑復生不足多也且好去聲睥睨天地評品古今雖適情詩酒中而慷慨皆有大志當元季衰亂遂隱居教授生徒及我

聖祖開科二子始有身被太平之想是年秋闈戰北鄉試下第意氣鬱然不樂洛因放舟西湖以遣時紅香襲衣青翠拱目漁歌佐酒水鳥迎顏乃相凭几榔亭

示範畫形勝而喟然之嘆撫然有脫屣功名之高致年又曰光景幾何即古人秉燭夜遊之心也

之闕甜蘇堤之樹吊林逋之逸品孤山悲武穆之忠魂岳武穆攬三竺之飛雲三天竺濯六朝之恙瀨飄飄有憑虛之意談喟然曰大丈夫形骸反為一物愚兲倪想兗景幾何半生碌碌夢裡空忙不知以天地觀人身何異爭英雄於蝸角之上鬪智力於蟻穴之中微乎小矣豈不媿哉遂執大觥巵浩歌二絕挾策龍門數載遊於今始悔覓封侯年華流盡惟湖水自古英雄幾到頭　袖刺無投世路艱功名塵裏老人顏岳墳武穆墳試與孤山做和靖亭伏劍何如放鶴閑且見其詩悲愴異昔即曲為解慰然竊甚疑之及

貝公為明
與人出火公
談生在燃
反欲救使
幽魂轉消
此際則一
[illegible]
[illegible]

抵家竟以病死貝雖慟悼卒亦付之造物焉耳及其秋風蔓換春艸幾新撫景懷情不能無故人之感有懷貝忽以事寓居硤石紫薇山麓一日雨霽見兩山送青一水介綠如畫即呼小蒼頭僕攜酒登之行方數步遠聞叮擁之聲漸近則鹵級甚盛儀衛盛陳貝意州中尊官遂避立道左門簷以候及至乘輿者之貌宛然談生姿容也貝駭異因以扇障蔽其半面細窺窺之輿中者大呼曰故人別久恨不得傾蓋一語反欲蔽面以絕我不幾於太甚乎貝倉皇未對即下車執其手曰經之於先生負永訣之情死含報德之

葛步之游井畔席石日追思昔時分首語及行歷真不知其一如一生之判隔矣

娩萬罪萬罪今途中不能罄款請與君登山細數上

聲之且聞言方信其眞談矣遂唯唯從命談亦吃去

傔從去聲同且徒步而升至葛洪井畔席石對坐歡

酌笑語一如生平且謂談曰憶昔分手湖橋憶之如

昨然今君歿身車馬而我猶濩迹泥塗齎壞之分屈

指判矣不識得致之由可爲去聲知己者一道否談

曰當昔湖中喪志擬謝人寰不意數祿當然默膺上

帝所簡蓋棺後敕我爲督巡都統使去聲君是雖落

幽冥幸居清要故人悲念之情猶可爲之一慰也且

又曰所司繁簡與身心勞逸可聞乎談曰可叨司職

典陰司者無事迎媚苞苴如此則堂堂賢明陽世有有昏夜之求賄賂公行者何耶

秩上城隍一等繁簡固自難期而一州善惡皆屬廳訪至於命官設爵惟尚德選一科非若世之可以勢要平聲利取者故遷轉之望不及憂干請之計不及事迎婣之態無所行苞苴賄賂之私無所得位雖難供職甚易去聲一公之外無餘事也何勞之有貝又曰冥法雖嚴然以萬狀之州人欲責效於君身之耳目智或難辨也果何術以揆之談曰陰律誠嚴矣元凶大惡者與衆共棄之他如欺枉斷折之事則五祀之神月奏於天帝巡遊之役時報於監司論法原情禍如其罪至於微疵小過姑亦宥之貝又曰生世報

指陰冥府立法甚無遺漏於是以譴責兒孫未逞之淵破奸雄欲發之膽

應抑有未盡然者何哉試復咲曰冥府立法毫無遺
縱第言之凡為識記之大逆不道者赦之雷都矣貪
淫邪惡之徒則下之火部機變險側者付之水府矣
盜賊便平聲佞之輩則業之瘟司脫有未然非天遺
漏蓋有冀彼悔悟而姑容以待者亦有甚彼罪惡而
重罰以報者亦有故縱其身而禍及其子孫者彼蒼
天寓意之巧正在進退遲速之間凡可執此以為恢
恢天網恢恢之累耶然猶不止是也又有富實倉廩
而反操瓢於暮歲賤親鞭御而忽捧檄於他時積善
之門屢淹疾病施奸之户常享財榮田房待主主人

天道玄矣，地獄隱矣，生死微矣，鬼神之論多矣，如談生身[illegible]矣，法[illegible]矣，東坡言論之類與[illegible]，者何有哉。

者竭禱頌而無嗣，衣食難周者苦提携而多子，壯年歷事之人易（去聲）棄於時，老病無能之瘠久僭於世，無辜而累年牽係囹圄（牢獄），非罪而一朝誤觸刀鋒，若此之類，鱗異毛殊，不能種舉，要皆天心有以裁之也。隱顯不常，禍福靡定，錯綜顛倒，籠御凡情，此其所以為天也。苟有慾忘於其中，誣謬甚矣。凡其識之見

又曰：若然，則地獄之設果有之乎否也？談曰：地獄雖有之，但人生若大夢，我謂人死亦然，顧其心如何，而地獄隨在矣。是以好酒者夢飲，善訟者夢爭，樂（洛）武者夢刀弓壵（占文），文者夢書史，夢溺則思援，夢奕則

砭山一詠
呆洪佛老
御寂賀背
之言飢者
不根之語

思勝焚虎則知懼焚佹則知避晝之所作夜又形之及其死也魂歸矣魄降矣鼓舞之神思（去聲）伏矣本來之良一靈自反生平寃孽若萃於時昔推（平聲）刀鋸於人則刀鋸之獄在目昔肆蛇犬之毒則蛇犬之獄加身昔行湯火之謀則湯火之獄切體生之所在死亦受之是獄雖未嘗陷人而人自投於獄耳豈屑屑然獄哉（詳獄在心）貝又曰紙錢楮帛之焚飯食湯羹之薦燈花經懺之因實有用乎抑虛文而無濟也談曰誠虛文耳夫人祿命當終無常限到追神奪魄瞬息難延此時良（張良）平（陳平）無策房（玄齡）杜（如晦）

言言根埤
語語沖心
不意邂逅
閒荼閒耶
世道人益
乃寓[illegible]

失權天子王公亦豆付之何柰而欲假送飯燒錢自
覘倖免何其愚哉至若經懺之事使生而仁良無藉
於此如其辠業深重奚救於亡今世之見彼聽訟者
輕重任情出入徇利納賄即謂陰法亦復如是遂多
冥錢強上聲脩功德以求免於墮豈知鐵面豐都毫
難假借乎貝乃拱手曰承君欽論教我良多若僕終
身諒在先見君試言之使知所趨避庶不負斯會也
談即黠頷曰固所願耳然亦不敢詳闡於兄也兄貴
不足言而子姓蟬聯纍盛尤為可喜望自珍愛但須
近時有一變嘗不[illegible]剩於兄之從隨人宜即遷居可倖

山麓崩陷貝寓傾圮頃有一變之言驗矣貝本明經諸子任職子姓短職之言驗矣談生信非幻變者

無恙貝因舉觴為壽談亦起奉觴曰後期難再借此申情我將行矣兄慎留心言畢前臨節從不待呼留而依然待役貝仍送之登輿 卓無異陽官礼櫛簇風雲頃忽不見貝歸寓大異其事因思有變之言疑或火盜遂以旅資寄之山僧而徙家人於鎮市不及旬日傳言山麓忽崩民居悉陷死傷者甚衆貝走視之寓屋已傾圮 崩於黃泥亂石中丈餘矣即以是年舉明經詔倚元史子翱翻翔俱以人才任職家學綿延一如談生之言云

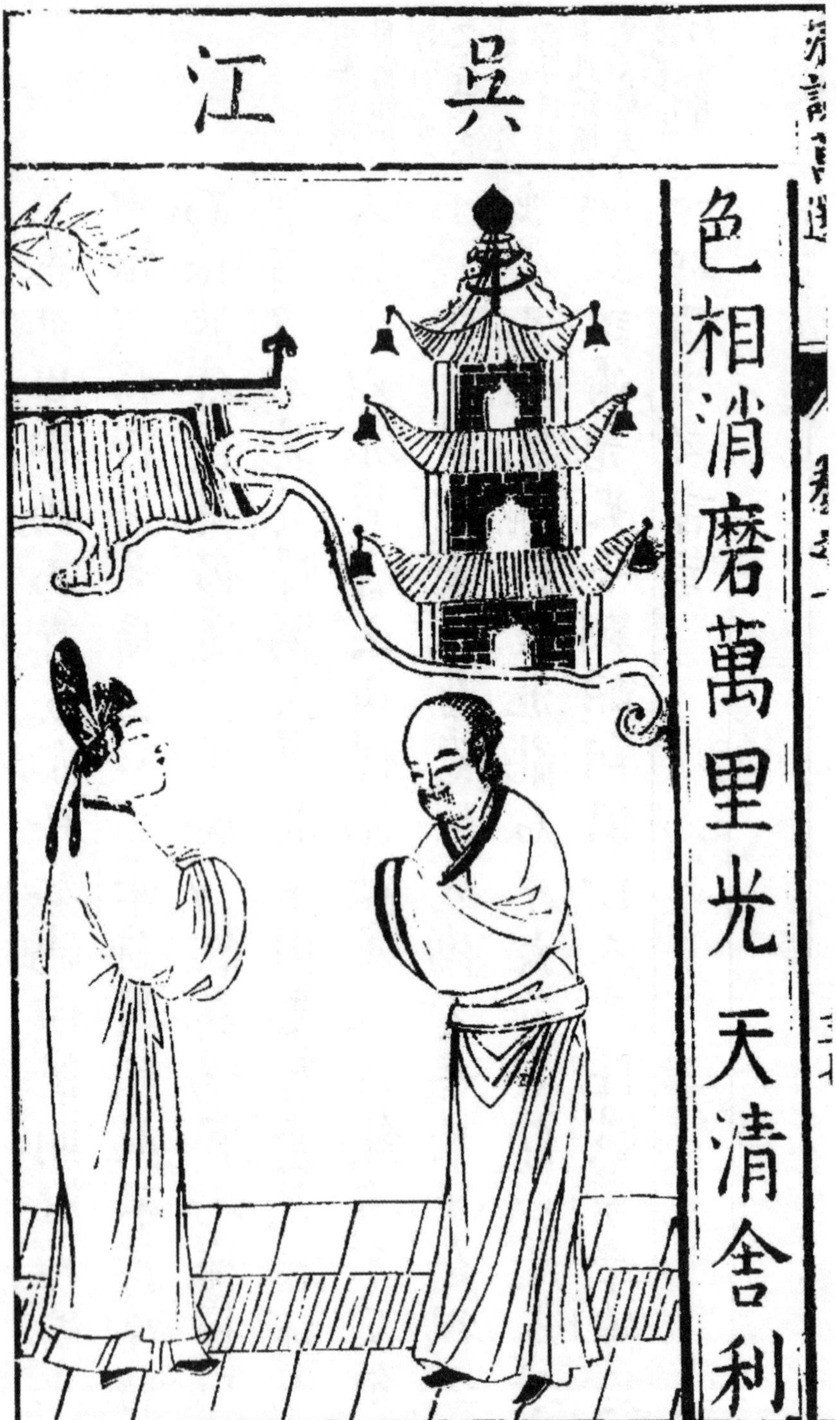
吳江
色相消磨萬里光天清舍利

驚異
本源澄徹一輪秋月湛吳江

按本源精文學長声詩日謹行檢則其人品亦沙門中之芥秫若爾不敢謂其果真等于佛亦可以擇佛□論之

夏子逢僧

蘇州夏尚忠者士人也以詩鳴世素善吴江縣寺僧端本源蓋本源雖事空門佛教頗精文學尤長於詩行去聲亦潔時以真佛子目之遊接皆知名士遠近有同敬焉一日集群弟子謂曰若等謹奉若教吾将安靜以還造化舊物言訖而逝六十尚忠不知其事越明年因事出他府舟抵吴江半途天漸暝昏吴客中無聊因途一律以自遣其詩云維係舟楊柳岸惆悵古吴都寺遠鐘聲杳城高月影孤江楓人獨宿汀葦雁相呼無限凄凉思十六聲寒潮打敗蕪唫罷将就寢

天下之道不外出處兩端故曰窮則獨善其身達則兼善天下作奔名逐利者失之貪位絕人遯世者失

忽一僧自遠而至呼曰故人故人何一别之許時也尚忠聆（聞）其言審其聲所謂故人者乃寺僧本源也初不意其去秋已辭允矣隨答曰渴欲一見明當訪之不意有今夕之遇（偶遇）踆問尊師何來僧曰予因遊方至此偶聞子唫咏之聲審其為故人也茲不啻一見尚忠喜甚相與跏趺（席地狀）對酌於蓬下僧太息曰昔人云（李翰林云）天地者萬物之逆旅光陰者百代之過客而浮生若夢為歡幾何古人秉燭夜遊良有以也（及時行樂之意）至哉斯言豈不為塵事奔趨者戒尚忠訐曰師平日每以功名勉僕而今茲論

之周無一可者本源引李翰林之言太小有所為而言歟

快也不足刪之情在

列何出言之退悔耶僧俛首不應以頂朗吟一律以
自見其詩云悟得西來意佛教出西域禪關養性
靈藤陰侵座濕竹色覆池青洗鉢魚吞飯傳燈鹿聽
經自無名利夢不著息心銘澄心素簡已而瑶空霞
漫碧落參横尚忠快本源之一晤方欲留之為聯舟
通宵之樂涤不知本源尚明路阻難為大聲久留乃
遽起辭曰盛晤不常離情難悉予與同行輩先返君
如喬舊頭賜寵臨明晨當先為掃榻言訖快快而別
琴月尚忠於客行吟曰客舟乘早發去去促備長程鴈
影横秋色鷄聲亂月明佛燈籠遠塔樵鼓罷高城漸

小途寓其形於友古寺呈其靈於徒嗚呼端本源之脱候去矣端本源之靈中去而不去者也

壵人烟近悠然暢客情舟艤吳江寺側尚忠復吟曰

扁舟一水上十里問禪林地僻春猶住亭幽川自深鳥呼經底字湖納磬中音故人携手坐語語及澄心

結聯待本源之意

吟罷整衣進至方丈惟端本源群弟子迎之尚忠連詢其師群弟子泣曰吾師去秋已脱化矣君不知耶於是備述其叮嚀之語與其脱迹之時尚忠驚疑詳言昨宵所見并所墜詩群弟子駭云昨夢師語曰明日故人至甚勿易去聲之今聆君之言信不誣矣尚忠大感愴因為之致祭其柩而去焉

淮水

淮泗遲留颯颯秋風驚旅夢

斷魂

襄陽瞻戀凄凄夜雨斷游魂

爲富不仁古今比比二鄭既以富稱而復能以友于義篤榮亦富而好禮若與此其所以身相濟於遠遊之日而復相見於死別之後也

鄭榮兄弟

襄陽有鄭榮者富人也弟華名亦以居積財裕兄弟怡怡極盡友愛不惟資積稱一郡之首鉅而且雍睦謂一郡之仁風富而有禮鄉人稱之重之宋開禧中南北搆兵江淮騷擾榮常貨殖於淮安郡名計裝行華諫之曰亂離之際烽火相連干戈極目民之老弱轉乎溝壑民之壯者散於四方此何日也兄顧不以身家自重而竟履危蹈險如此耶諫亂止兄之行榮哭曰是非爾所知也古人云不入虎穴安得虎子且大丈夫生當桑弧蓬矢以射四方安可守故園而空

不忍兄之遠離亦弟之至情所不能已者

叙次兵乱亦悽愴如見

老乎華復諫曰兄善於幹蠱（幹父之蠱）弟乃四體不勤五谷不分可乎請代兄一往以表友于之情榮曰不然吾久客江湖備嘗險阻（老於世故）汝尚黃口安能涉遠恬復勿言華泣曰兄之遠離弟所不忍然則偕行何如（求同行）榮不得已從之翌日兄弟買舟東偕同客游淮上行有日矣未幾（平聲）金兵渡淮（淮河）逐隊排行聯車秣馬干戈載道時聞金鉄之聲士卒先馳日苦戰爭之擾攘（頻）鼓連天震响旌旗帶雨飄颺尸横蔽野（殺傷者衆）哭泣相聞血染荒郊悲哀慘切一生而萬死十室以九空（無人居）猶啼鶴唳皐偃

沉舟身死華之言驗矣然華之初心亦何樂其言之驗哉

風號見者無不酸鼻聞者爲之寒心征途商賈斂跡盡矣（避其亂）何不幸而二鄭之舟適與之遇於中流爲進不敢發退不及避金人掠其貨鑿舟沉之華溺死榮蕩漾波中若沙鷗之點水時出時沒幾致覆滅几手扳木幸負一板以達於崖佣匐而登失華所在哭不輟聲輒自怨曰悔不聽吾弟之言（勸身家自重）果遭慘酷之患（沉舟）吾固幸已苟延殘喘竟不知吾弟存亡也是夜悲風颯颯愁雲黯黯榮獨坐不勝傷感乃口占一律以自遣云其詩曰淮右棲遲地曠遠各一天踪跡雙髫共險阻一身全夜雨漢南業秋風

人死則魂升於天魄降於地寂然形聲之俱滅矣而英偉不大者將益少壯精英聚而不散故也況死之以非命尤其心之不死也

墓下田別來空有夢惆悵未能還吟畢復泣祝曰吾弟平日友愛今夕存亡頓期一見不然吾亦蹈淮而死不願生還也言未已暗中哭泣有聲漸近始辨其形知其為華也乃相對而泣榮曰不聽弟言終罹遭此變華曰予路有孔悝之難外斋伍員受鴟夷之危亦哭君子順受之而已遂自吟曰萬里淮河北愁雲一望迷雪深胡馬健月黑隴猿啼邊戍連烽火寒沙犇蒺藜遊魂歸未得腸斷夕陽西韻成忽不見矣榮慟哭之痛骨立絕食死而復蘇者數四明日華尸獨浮於水面如生榮為之厚斂而還一時人異之

雪晴
國士呈形長嘯冰潭而溢水

良夜
美人攜手輕譚月樹以飛花

倪生者也公世遠矣閒中嘗值日對落矣而雪夜有形且吟咏玉頭諸笑成名舉近於幻大陶朱岸雜稱能頌並於千載之所宗

倪生雪夜

禾城有倪生者儒生也寄迹於城之金明寺僧者家居近湖天海月佛閣（寺內閣名）閣下塑范公蠡遺像䞴大夫閣外一湖名曰范蠡湖其水清深綠淨錐派接外湖而色自間別如二生游其間有日矣一夕雪霽時長烟一空皓月千里但見玉樹遙迷遠墅瓊宮碧峙寒赤云銀橋斜鎖變湖粉堞圓聯孤閣（堞木牆也）遠近一色舉目畫圖誠所謂心曠形怡眺望不盡者也生因口占一律云六出奇花着態勤舞朔風江山銀浪裹世界粉糰中氈塞充饑客（嚙雪）寒江獨釣翁（坐莫）

何異哉差豪傑雖往其正氣英風不與時而俱泯滅故爾不則幾何而不與草木同朽腐也

笠翁

應知三尺厚還喜十年豐吟甫就忽聞閣外嬉笑之聲聳生訝其更深雪夜亦有先得吾心者固如是耶憑闌熟視卬然一丈夫也卬音昂幅巾野服同一殊色少年丈夫高聲曰月霽不知更已盡美人應聲曰雪深誰問路如何丈夫曰百年天地無情也美人曰兩眼山河有主麼丈夫復曰鶴唳猿啼喉舌冷美人亦曰龍争虎鬭血痕多丈夫大咲曰撚髯一咲渾閒事美人亦咲曰回首西風兩鬢皤皤白也行吟自得步履如飛已而異香縹緲不勞呼命而無櫓扁舟自外湖逆流抵岸二人從容就登任風沿放咲徹寒潭

按姑蘇居禾城東北美人頻指東北柳亦悲姑蘇台之凋謝乎

之水談飛月樹之花抑且交盞更酌相與盤桓第不知茗與酒耳（第但也）須臾舍舟循墻（城墻）席雲對坐美人望月長嘆頻指東北有凄然之狀丈夫攜手促膝疊疊言論若寬慰之者言畢更咲倪生私忖曰以暮雲荒禪中（禪寺）為涉湖蹈險事非常情也試一呼之可得其動靜即高聲唱曰城上男女樂則樂矣得無寂乎城閣相對不過咫尺二人咲語依然若不聞者生復唱而彼復然略不為動生然驚異以為神矣方整步下閣而閣門咿啞有聲見越大夫倚卓前一燈獨明大夫儼然端坐髩須眼若生倪生俯不敢視急

雪中有巨跡巨跡中復有弓鞋小印此跡不獨示假生亦以示城居若等

帰寓始大覺悟所見丈夫即越大夫也所携美人即浣紗溪女也所登扁舟即泛五湖之雅致也明晨城中人競言雪中有巨人跡巨跡中又有弓鞋小印不知何幻也（幻虛怪）主但笑視不言衆倣跡而行直至城上無不皆然且其跡特異俱遍城傍空而印者（傍去聲）若人豈敢遍傍而走乎知其為神人也夾美倪生方備言昨宵所見并其笑語互吟之聲登舟游衍之狀衆皆驚且異焉生為之備香帛酒禮拜伏像下而出時萬曆初云

兩節

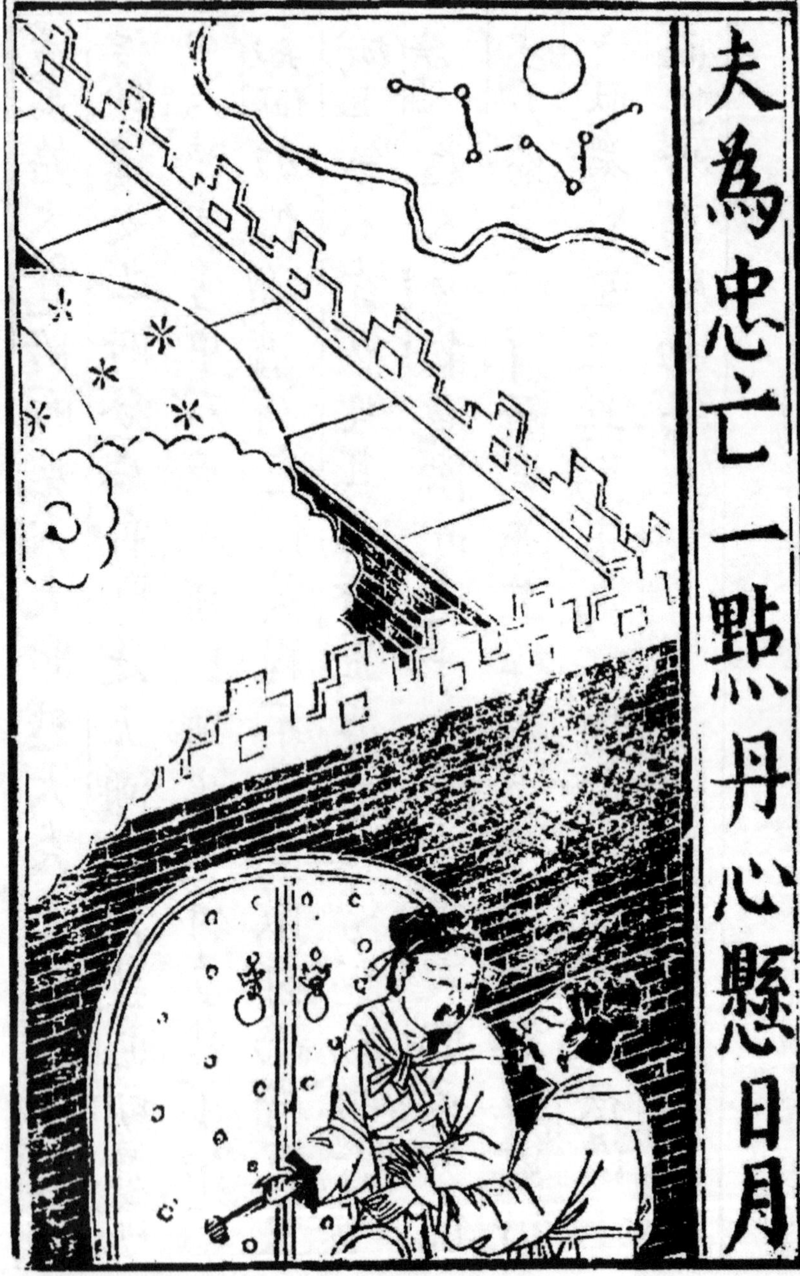

增輝

妻因義死連城白璧掩塵埃

源提兵赴襄而卒身死王事庶無愧於馬革裹尸之言

吳將忠魂

荆門統制吳源忠孝人也雖武士尤嗜典籍翻閱至夜分且亹亹不釋卷常讀漢書至伏波將軍馬革裹尸語（馬援事）即掩卷嘆息曰是吾志矣故身居介冑之中而其詩禮自閑若趨庭而鯉對丹心耿烈似向日以葵傾其妻盧氏又善詩文以故夫妻相敬如賓世稱鳥比翼枝連理不足過也宋咸淳七年元兵圍襄甚急朝廷敕源救之源未即行盧恐遲誤乃諫曰臣事君以忠古今之通義也非遇盤根錯節何以見利器君勿逗留以悞王事（速其行）源謝曰謹若語矣

部兵無一生還以故盧之不知其所

是即日啓行盧口占一律以贈之詩曰義君家世京師簪纓百戰常懷報主心草檄有才追記室斷擊築長盧無路繼淮陰丹將射雕紫塞秋雲黑走馬黃河夜雪深白首丹衷知未變歸來雙肘印懸金源率爾揮淚親將兵至襄城下遇元人五戰皆捷大震軍聲元人麾集外軍圍合夾擊我軍孤弱不敵源時掉臂一呼士氣百倍殺声動天地旌旗蔽日月蓋主客之形既分而強弱之勢不敵矣敵兵強盛源乃身被數鎗力戰而死部兵無一生還者未幾襄為元有幾平声道路始通荊門士人柳春時過襄陽宿于官舍夜出間

披甲伏劍生氣凜然

笳鼓西風聞者為之酸鼻

行閒去声　時晝樓吹笛調落梅花殘月籠雲塵埋妝鏡行未三五步但見悲風颯颯殺氣漫漫當先一員武士伏劍披甲從者數百人其威可怖春引避之武士呼曰君尚不識耶吾乃里人吳源是矣兵救襄城死于王事弗克歸家天曹以吾忠義命為本方土地神君歸日幸以事白于家荊荊妻不信付此鈇券以示遂援翰而吟之一律曰疋馬南歸望古城半林殘雨夕陽明雲邊岫接泰山色樹裏河流漢水聲壁淚有碑苔色古欄街無曲酒旗橫那堪回首成陳迹笳鼓西風嘯晚晴吟畢陰靈頓掃清而武士亦不見矣春

從容自縊忠臣節婦兩得之矣苟生之徒視此能無赧顏

大驚異而亦未之盡信也歸至荆門訪其家得之[illegible]造其居白其事盧且疑二不自信春即出所示鐵絲盧始信撫劵大慟絶而復甦自言曰吾夫死于王事忠也妾身死于夫難義也夫旣盡忠妾敢不義頗同游於地下足矣乃罄其貲書爲夫作陰果七晝夜不絶所謂紙灰蝴蝶白淚血杜鵑紅者是也處置家事一無所遺沐浴焚香再拜泣曰夫為忠孝死爲去聲妾因節義亡夫妻相繼死忠義兩無妨於是從容自縊而死家人啓戶視之氣絶久矣鄉人義之相與歛葬立祠號曰雙節至今存焉

天台
煉性澄心丹昺已知徵有火

問道

入山問道壺天何患　去無門

仲秀入天台遇老道人亚柳非人而仙乎何其化白鶴而高騫乎且觀之劉阮則其事又非評者

魏沂遇道

越魏沂字仲秀内黄人也優游林壑獨窮玄風仰邈乎柱下七篇（莊老書）而出入乎魏晉之多士（談玄者）吐故納新熊經鳥申皆實有矣（實養）謂天台爲毓秀之地（麻府）喜其赤城霞起漫霄漢以羅文瀑布泉流濺石硜而碎玉一日整衣緩步陟彼繁麓因而採草實備藥餌遂深入焉蓋企慕既切履歷忘勞回首視之則昏鴉集樹杪而斜日爲之西下矣天色漸暝進退失據正躊躇間俄聞林下笑語聲且近亟趋問之見一老紅巾素服竹杖芒鞋席地而坐有自得趣

詩句俱寓鶴上說此正是叟自見之意也

傍有一蒼頭侍立沂揖進曰山深迷路進無所之作往也敢問老夫此處有旅店乎叟笑答曰深山之中安有旅店沂曰然則奈何叟曰僕之陋室去此甚邇君如不鄙頤賜光臨何如沂欣然從行步穿林麓覺艸木之青葱履渉澗汀聽泉聲之滴瀝可二里許但見山居隱隱茅屋數椽竹户荆扉床石磴室中所有亦甚整潔茶畢出飯與沂食之叟乃長吟一律曰養就丹砂壽筭綿鶴筭鷄群獨出勢昂然數聲唳月歸三島幾度乘風上九天長夜聽琹來蕙帳清晨覓食在芝田自從華表歸來後滄海桑田幾變遷沂

叟蓋脫凡胎而羽化者，豈若塵囂之憂憂乎？故不知有姓字，亦不知行乎嗣措乎沂之一聽，不悟也。

意其非常人，乃避席請曰：「敢問老丈尊姓？」叟笑曰：「山林鄙夫，安有姓字？」沂又請曰：「令嗣幾人？」叟曰：「家室尚無，安有子也？」家室，妻室也。沂屢有問，而叟之不以實告者類如此。沂止宿其家，翌日晨辭別求歸，叟乃與之携手盤旋，送至舊路，不忍分袂。沂先吟一絶以記別鳥吟曰：「疊疊青山川欲迷，微書無處下苔磯。昏鴉亦解人離苦，來往相依不忍飛。」叟乃賦《行路難》一闋以贈之，賦曰：「行路難，太行九折何盤盤，太行，山名。古藤老樹掛絶壁，挽衣欲上愁攀援。行路難，瞿塘三峽激流湍，瞿塘，關名。三峽，水名。舟行咫尺苦難進，宛如生

行路難一

關雎有蹈襲亦善模寫世態者

度鮫龍闗山之高水之險不似人心千萬變人心危峻不可窺眼前突兀峰九嶷（九嶷山高峻）人心險詐不可測平地波瀾起千尺當年握手出肺肝誰料相逢不相識春風昨日五侯門（貴顯）秋雨今朝廷尉宅凋落　君不見春申舍人有李園（楚春申）棘門之禍誠何究又不見田文（齊田文）車馬三千容五百姓名書怨牒行路難危於山險於水不獨悠悠世上兒骨肉相看亦如此行路之難難莫比沂再拜而別叟曰君宜珍重勿輕回顧沂乃緩行數步而竊視之叟忽化為白鶴騰空而去焉

龍神

美盞傳盃環坐已知皆宦客

著異
尋詩覓句聯吟誰識有龍神

太平廣記云淳熙秋皐有操龍者投虎頭於景德龍潭雨果大集由此觀之則觸之致災非一日矣

曹異龍神

元至正中有曹膺者達人也一日同鮑恂牛諒徐一夔輩宦遊過越秀水見一禪寺扁額曰景德頗盡勝足遊寺西一龍王祠由五代來屢著異跡曹輩因登飲禪寺間用唐人句分韻賦詩忽一老人長身深眼骨肉崚峥老狀飄然策杖而至曰老夫去此甚邇聞諸君高懷不揣駑朽駑馬朽木亦欲效一顰於英達之前何如諸人心雖嫌異然亦援而止之曹遂首倡一律曰清晨出城廓悠然振塵纓仰觀天宇靜俯矚川原平竹樹自瀟洒禽鳥相和鳴龍淵古招提飛蓋

四韻各寫襟懷可各有飄飄塵外之想

集群英唱酬出金石提揚雜珝璺丈夫貴職達紙故奚足畏耍動念 道義山岳重軒冕鴻毛輕素心蜀不渝亦足安平生鮑恂次之吟曰凌晨訪古剎叅 岩氣集林阿雕甍萌 旭日炫緋宇晴雲摩駷松奏笙簧脩竹鳴鳳珂禪翁素所嗜名流𡋯來過平声 俯澗漱寒渝涉磴扣翠蘿瀹茗佐芳醑談玄閒商歌遂令塵土褱如濯清流波茲景誠奇遙追遊亦豈多流光逐波瀾飛翼振高柯賦詩留苔萍千載期不磨牛諒又次之吟曰靈湫閟蟠龍古殿敞金粟僧歸林下定雲傍簷端宿伊余陪雅集於此避炎酷息陰悟道性習靜外

陰氣自是其爲水怪舌猶囂

棻厚坐石飛清觴堪嘆白日連別去將何如⿰詩滿新竹徐一夔又次之吟曰野曠天愈豁川平路如斷不知何朝寺突兀古湖崖潭里白雲深林容翠霏亂勝地故瀟洒七月流將半合綠信難得通塞奚足羨廣文厭官舍樂閒散亦此事瀟散風襦爵屢行羅燈席頻換但覺清蕭蔌寧顧白日旰吾欲記茲遊掃壁劳務翰衆吟畢賡因請於老人老人隨口而應曰憶昔壯得志雲雷任摩挲指顧撼蛟鯨叱咤驅風波已矣而今老悠悠困江河良會豈曾識意契即唉歌夕照戀松桂晚風灑蒲荷流霞雜輕煙淒亂襲袂羅佳

鄉何俱無
諷諫之辭
亦甚切當

景洽高誼何妨醉頽駝生年幾能百時光度槐柯名
利釣人餌青緣豪傑多咲彼奔走生自若同蚕蛾経
營計長久一朝委湯鍋世路且險側盃奕藏干戈欸
宴局歟達人尚高隱烏帽茸青蓑江花脂粉勝林鳥
宮商和石枕待春膴新篘貯銀螺對此引深樂天地
柰我何詩成衆為駛服不以野老視焉因請名問舍
錄居也老人曰予龍姓諱雲字子淵別號江湖遊客
家本山之西來此有年矣衆喜甚遂相與劇談飛觴
流飲及酒闌興盡命徹登舟老人拱手言曰頃側行
旌承不以樗鄙相拒敢攄一語酬報諸君何如衆皆

向使曹公一如鮑年至急渡則失此籌矣然何而不恐涉懺間以公乎

應曰頤受教老人曰諸君夜爨以程計程途也兩日後當過錢塘江名但過江風初動有黑雲自西北行南愼勿輕躁取悔斯時也果念愚言忠益不敢干謝得求殿宇新之則吾儕有光多也將不勝于謝乎衆人口諾心非相禮而別未數歩回顧老人忽不見矣衆皆壯年豪邁不以為意竟解舟去及兩日後早至錢塘江上風歛日融江面平靜猶地欲過者喜相爭舟而趁恂諒一嫠促裝便爨惟曹膺曰諸兄憶昔德老人之言乎吾輩非報急傳烽捕亡追敵者四事喻急縱遲今半日何誤於身豈又忙忙效商販為得耶

以數百人之命一旦葬江魚之腹即龍神所謂渴鮒之禍也

三人相咲而止咲未已風果自西徐來又黑雲四五陣從北南向虜曰一驗矣三人曰試少待頃間黑雲中雷雨大布狂風四作湍江浪勢連天如牛馬奔突之狀爭過者過江數百人一旦盡葬魚鱉之腹惜哉曹虜因揖謂曰諸兄以爲何如三人皆失色相謝虜曰爛額焦頭何似徙薪曲突此無知先平受賞魏無知陳平君子美其於本不忘也今非此老預告則吾屬亦波心一漚矣何能携手復相語哉三人諾諾應及反棹訪景德寺僧俱言西隣無龍姓者止一龍神祠曹始大悟感其詩中名剌鈎人句深有警策遂相

五六

托病歸田蓋不忘以祭薦報答毋蹈危机

典契牲俞年奠祠下以伸謝私又冬出白金三十斤為祈醊之費且即日同章告巻托病歸田副龍神諷囑之意焉今其門扁曰龍淵勝境蓋亦以志不忘云

新鐫全像評釋古今清談萬選卷之二

金陵　周近泉　繡梓

目録二卷

人品靈異下

凡一十六條

蔣嬪貞魂

驛女冤雪

顧妃靈爽

婉妤呈象

明妃寫怨

夜召韓生

野婚醫士

配合倪昇

留情慶雲

詩動秦邦

孔惑景春

妓逢嚴士

旅覗張客

玉簪示信

髑髏醮祟

五陵

白日冲昇挺拔乾坤千古秀

教主
丹砂孕毓復還天地一九心

生而無血識音已知其非凡胎矣且兒戲則染表佛祠相長終念珠誦菩提一字一動似所作而非仙家之意乎

曇陽仙師

曇陽仙師姓王氏諱燾貞吳郡人相國王公錫爵之女也生而無血端厚莊穆天質自然數歲為兒戲好以木筋竹頭架庵為神祠常手持念珠誦菩提後字同邑徐少參子景韶字許嫁也稍長王公及第官翰林仙師隨之長安獨好談飄翛冲舉之事博習經典不親女紅夫人謂非女子事稍不悅歲甲戌仙師年十七徐氏以婚期來告請期已而徐郎卒于家夫人戒仙師曰兒今長矣行且婦為人媍柰何不親女紅而朝夕經典為句夫人累以為言不省因問之乃太

詩曰率土之濱莫非王臣豈以未食祿者非天王臣子仙師此一言扶侍萬古綱常矣

息曰徐郎已非人間人雖遇將安歸矣言訖遂潛與

縞素逾月而徐郎之訃至（訃音至京）舉家咸驚神智

仙師以節烈自誓由是盡謝世事栖心道眞謂相國

曰徐郎既已下世見義不再事人請以素粧道服侍

父母終身相國曰嗟徐郎生時未嫁死而守之無乃

過乎仙師曰大人謂未食祿者非天王臣子耶守盡

篤後其家忽覩有異光輪囷灼爍閃燿變幻等狀更

有異香不散仙師居一淨室列眞時降其室中（列眞）

衆仙也 指示大道則有觀音大士蘇元君崔嫣孃鄒

函婉周函英正授師則有朱眞君此皆女眞也（女仙）

承權相國即人倫忠孝之見乎躬行此尚空門之衆疲乎

相國亦嘗親見其五彩天衣而特未覩其面仙師火頗不慧至是忽頴悟照心朗寂洞三才之理綜萬彙之幾運般若之智秉清虛之原真空妙有觸處了然明敏絕粒多年而玉貌朗潤恭和莊雅且持論玄妙復依于忠孝根于人倫後隨祖父母歸吳樓居閉關下捷加工益深乙亥秋相國偕夫人歸自京師仙師則下樓相見日夕承歡無異家人禮久之捷閉習靜如故復樓居閉關仙師初猶出陰神后乃出陽神一日當相国坐而守之忽跏趺不動面如赭紅色良久空中有声如磬相續則仙師至謂相国曰道在是矣

連城白璧
百煉精金
豈外物之
所能試而
奪之耶

益鍊形体輕能飛行空中樓居嘗神遊于外所至人多有見之者或省其王父母家中遺所持物及題壁而去 題詩于壁 戶固未啓也仙師敏妙嘗致精升太清朝金母 神也 見諸真及殿閣道宮種種有證又度一靈蛇名護龍焉相國居暇亦嘗惧其道心未定以物試之百端仙師自若也一日謂相國曰兒不日辭大人去人間世矣夫大道當從苦行入兒不幸生富貴鄉無所苦身為女子又不當入山谷枯槁園絕行且柰之何兒將之徐氏墓上露坐數月而後行乃盛服佩劍執麈徧拜辭其家人出行先謁新觀餔時抵

仙師云大道欲若行入明其處坐枝月亦塵凡若行之萬一也

徐墓行奠禮乃擇墓傍享堂前隙地空地也展席露坐日夜無間雨暘風露不能侵之而玉色日轉鮮潔遠近士女匍匐焚香恭承者日以千數墓門不啓不得見皆羅拜門外而去積三月謂相國曰兒將以九月九日行矣吾授道上真本脩形神俱化乃為女子又生于仕宦之家不可栖止靈山絶跡盡曠而俗人不違上玄妄生同異塵世又不可以久居歲月既淺道力尚微今不得已遂去尔相國乃為預置神龕及幢幡寶蓋之屬八日仙師沐浴焚香辭其祖父母父母及諸親屬成禮至九日幡蓋前導仙師右執麈尾

當仙師沖舉之日不意四大幻軀流浪無際者乃自覩斯祥幸耶幸耶

左執寶劍迎入神龕仙師行步如飛及壇從容安雅
登壇南向禮天地西向謝聖師北向辭
帝闕已而持呪水遶壇三匝時六親頗為飲血哀痛
仙師但揮麈微笑止之曰無哀遠近至者數萬人舟
楫車馬塡塞數十里仙師每有謦欬萬口交贊泣下
沾襟而仙師畧不為動入龕中微定復目漸瞑瞥然
化去端立不僵而色轉赭其上有光如斗大又有白
氣二道亘天而西遠近咸見云噫許旌陽上昇之日
記曰後一千二百餘年五陵當有八百證仙者自晋
寧康甲戌迄今得一千二百六年仙師之出偶然哉

太清

夢斷塵寰自信雲衣無浣日

仙會

身遊蓬島應知鶴駕促脩程

楊女之沉既不塗粧與人不知脩煉方能倏然仙去者何大抵仙風道骨自有異稟不習無不利也

虢州仙女

楊秦政虢州天仙村田家女也適同村王清其夫貧力田楊奉箕帚供農婦之職甚謹夫族目之曰勤力新婦性沉靜不喜言笑有暇則洒掃靜室閉坐雖隣婦狎之終不為動生三男一女時年二十有四一日告其夫曰妾神思頗不安聞雜語惡之（惡去声）請于靜室少息君與兒女暫異居焉夫許之亦不問楊遂沐浴着新衣洒掃一室焚香閉門而坐及明夫訝其遲起開戶視之衣服委于床上若蟬脫然身已去矣但覺異香滿室其夫大驚以告其父母共嘆之頃隣人

倏而去倏
而來靈山
丁寧常比
自之外固
夫人之所
謂異者也

來曰昨夜二半有天樂從西而求似若雲中下于君
家奏樂久之稍稍上去闔村皆聽君家聞李王謝不
知然而異香愈酷烈香之甚遍數十里村吏以聞縣
令李耶二遣吏民遠近蹤跡之竟不得因令不動其
衣閉其户以棘環之冀其或來也至十八日夜五鼓
村中復聞雲間仙樂之声異香之芳從東來復至王
氏宅作樂久之而去王氏亦無聞者及明來視其門
棘封如故房中彷彿遺仮若有人声遽走告縣令縣
令親率官吏僧道開其門則新婦者宛然在床矣但
覺面目光芒有非常之色耶問曰向何所去今何所

仙樂綵仗鸞鶴玉箱奇服種々絕與今畫世家所習見者乎

來對曰前十五夜初有仙騎來曰夫人當上仙雲鶴即至宜靜室以俟之遂求靜室至三更有仙樂綵仗霓旌絳節 前導者 鸞鶴紛紜五雲來降入于房中執節者前曰良夕准籍會仙々 師使者來迎將會于西嶽于是仙童二人捧玉箱來獻箱中有奇服非綺非羅製若道人之衣珍華香潔不可名狀遂衣之既畢樂作三闋青衣引白鶴來曰宜乘此初思其危 思恐 比墮 試乘之穩不可言飛起而五雲捧出綵仗霓旌次第前引至于華山雲台峯々上有盤石已有四女先在彼焉 一人云姓馬宋州人一人姓徐齒州人一

五真同生塵界而一旦仙遊者何哉大抵要付之旃已具仙骨而其在世特借閱生耳尔也

人姓郭荆州人一人姓夏青州人皆其夜成仙同會于此傍有小仙曰並捨虛幻得證真仙今當定名宜有真字以真字偶名于是馬曰信真徐曰湛真郭曰脩真夏曰守真恭改曰凝真其時五雲參差衆㕎徧谷妙樂羅列間作于前五人相慶曰同生濁界並是凡身一旦脩然遂出塵隔今久何夕歡會于斯宜各賦詩以道其意信真詩曰幾刼澄煩息今身僅必成誓將雲外隱不向世間行湛真詩曰綽約離塵界從容上太清從平声雲衣無浣日鶴駕復遥程脩真詩曰華岳無三尺東瀛僅一杯入雲騎綵鳳歌舞上蓬

詩雖近于俚，亦各寫其離凡入聖之懷

鋪叙仙家景象暗征伯之所以厚待五真眷谷有餘嵩

萊字真詩曰共作雲山侶俱辭世界塵靜思前日事拋却幾凡身蔡政亦詩曰人世多紛擾其生似蕣華誰言今夕裡俛首視雲霞既而雕盤珍果名不可知妙樂鏗鏘响動厓谷俄而執節者請曰宜往蓬萊謁大仙伯五真曰大仙伯為誰執節者應曰茅君也于是妓樂鸞鶴復次第前引東去倏忽間已到蓬萊其宮闕皆金銀而花木樓殿各々修麗非人間之制作見大仙伯居金闕玉堂中侍衛嚴肅五真入仙伯喜曰柰何晚耶飲以玉杯賜以金蘭鳳文之衣玉華之冠配居蓬萊華院四人者出蔡政獨前曰王清父年

恭政宮府
曆一千年
之實蓮賢
側而[illegible]哉

高無人侍養請四終其殘年王父去世然后從命識
不忍侍樂而忘王父也惟仙伯哀之仙伯曰恭政汝
村中一千年方出一仙人汝當其會毋自墮也因敕
四真送至其家故得還也鄉閭問昔何習煉曰村嫗何
以知但性本虛靜閑即凝神而坐不復俗慮得入會
中耳蓋性也非學也又問要去可否曰本無道術何
以能去雲鶴來迎則可去不來亦無術可召于是遂
謝絕其夫服黃冠耶以狀聞于州州聞于上官乃居
王父于別室官為給養而恭政終歲絕烟火或時啗
果實或飲酒三二兩杯見在陝州云

謀謁故人
益見其家
計窘迫衞
生闕行益
亦不得已
者

蔣婦貞魂

溫州衞傑文人也業儒精舉子故事補郡庠弟子員妻蔣氏淑英粗通經史夫婦獨處每相親敬有古梁孟遺風梁鴻孟光但傑以儒生事筆硯既非貨殖之家而蔣以裙布媍主中饋又何以給饔飧之費故其家業特窘甚不能自存有故人沈天錫爲福建路達魯花赤保官名傑謀往謁之欲行慮空室不行又無以爲居養之資行止交馳于胸次久之矣淑英進曰窮必有達否則復泰自然之理傳說未遇潛身版築膠鬲未遇遁迹魚塩時爲既至舉而用之一則受武

執手而別別而賦詩意其离而復令且言知遂成求別引

丁之尊礼指傳說一則寄文王之股肱指濮甫正所謂蛟龍得雲雨終非池中物也今家私已寖遠謂故人苟得勺水可延殘喘况溫閣之程不過半月決然一往何必狐疑狐性疑惑生從之時至正庚寅春三月生治裝關向口占四声短律以自嘆吟曰功名無分起鳴騶空負儒冠到白頭爲問緣袍今在否江湖權作子長遊蘇子長蔣亦為賦短韻曰蜂蝶紛紛遂隊忙遊人身染百花香偕行縱爾無童冠沂水春風任點狂詩罷分袂生謂淑英曰善自重予多一月又回矣生既閱閩海道廿有一日始至福建閩故人已

始汀州既泉州復福州衛生天錫影跡縈鴻相左者如是

往汀州審刑矣生趨汀州則故人又往泉州賑濟矣生趨泉州則故人又還福州蒞原職視事矣生跋涉道途即次不安懷資已罄尽也三月備歷艱阻矣及至福州始得拜謁于公署天錫為喜留住公館日親厚焉豈知温州為方国珍破陷賊將悅淑英色美欲妃之淑英怒曰吾家奕世衣冠肯辱身于犬豕耶遂遇害為賊所殺生于福州得報知温陷甚恐辭天錫而歸天錫厚遺之舟次中途是夜月明如晝生坐無聊忽淑英哭泣而前且曰賊人陷郡氣焰薰灼姦淫碎身于鋒鏑不敢同群于馬牛雨收雲散恩情中輟

朗誦西江月一詞傍[illegible]人聽之者涕淚交流

奚天長地久怨恨何窮手卿復一詞君為聽之詞名西江月云殺氣騰空若霧干戈密布如麻鯨奔虎逐到吾家欲遂百年姻婭豈效隨風楊絮甘為向日葵花當初恩愛總堪誇一筆從今勾罷每歌一句則哽咽不能成腔生亦憤惋泣下曰然則汝尸何存淑英曰妾死于節婦人義之葬于后園栢樹下矣言訖不見生至溫城賊守衛甚嚴不得入生即以省妻之事給之賊怜而縱之時兵燹之后故宅無存循址而至后園栢樹下發其尸而視之顏色如生生哀毀骨立終其身不復娶焉

一洗

父子沉尸黑々九泉冤不盡

沉冤

賊徒授首明〻三尺法無私

国初有鉄而御史之称即上官公之不阿不枉殆亦其流匹也

駉女寬雪

弘治壬戌雲南監察御史上官守忠持身以正。絕跡干權倖之門。處人以公。彈壓奸雄之勢。聽訟而曲直頓分。決疑則凿明具見。時覘風于雲南藩省。道途迢遞。無任悾愡。一夕宿于公驛。明燭獨坐。無以遣懷。遂放吟一律。詩曰。廢馹年深草亦深。敗垣頹壁倚危岑。垣墻也牀頭塵滿伊威集。簾外風淒絡緯吟。孤枕不堪香夢斷。敝衾殊覺早寒侵。獨憐幾樹梅花月。識我平生一片心。又途一律曰。幾年薄宦走邊陲邊疆也鏡裡西風兩鬢絲。山館月明鷄唱早。海天雲冷鴈歸

首句旭日轉萬樹新意在上官公末句寒谷乃凝塵下便是令究意思

遅半生事業交旁日萬里關山客倦時愁絶小窓殘夢斷子規啼上最高枝吟畢忽尓窓外微風拂〃暗霧濛〃静聴之似有人語漸成声响乃吟曰夜月懸金鑑。鏡也 春風颺錦帆。江花如有意。飛點繡衣衫。未及発問。彼又吟芳樹曲。曰旭日轉洪鈞。日初出曰旭 園林萬樹新。画屏朝美色。彩檻夜移春。野径俱堪望。鄰家盡不貧。獨怜寒谷底。黄葉尚凝塵。上官公聴之。稔知其為頬人之声也。且詳其詩句。復有不平之意。公知其必沉究無以自白者。遂宣言曰。汝頬人有何不平。可進言否。窓外乃泣曰。妾非陽世人也。乃齒陰易曰冶容誨淫。即此驛夫，則冶容殺身矣。詎不戒哉。

之廁。久辭人間。抱冤究屈。其來尚矣。將面訴衷情。伏乞詳察。須臾。見一美婦。蹤于燈下。項次則纏一羅巾。泣而言曰。妾本欽州許巡檢女也。不幸于五年前同父赴任所。行次是邑。驛夫見妾貌美。遽起謀心。將吾父酖死。（藥死也）沉尸河中。尋欲犯妾。妾固不從。羅巾縊死。將尸殯于後園假山下。嗚呼。好生惡死。人心同然。賞善罰惡。天道宜爾。妾之父奉命往官。罪何所出。妾之身隨父之任。一死復何名。鄙夫惡覺。滅理害人。是宜陽法所必誅。陰司所不赦者。還尔平居無恙。質之國法何存。此與張侯之決獄無疑。張釋之尚當期

斬驛夫于市而后許之文子之冤雪矣

于公高門有慶。于定國俾妾父子死而不死。妾父子冤枉沉而不沉。惟今日也。言訖忽化風而去。杳無蹤跡之可追。公詳聽之。亦不勝憤激。恨不即呼至而入其罪。心懷懸切。坐以待旦。公復自慮罪之則無狀。鞫之則無因。于是畫策于心。及翌晨。驛夫畢集。公令之曰。五年前有一巡檢姓許者。有犯憲條。合應死罪。被伊逃脫。至此。吾奉聖旨。有能誅之者。賞銀百兩。汝輩曾知之乎。驛夫齊声應曰。已曾殺之。沉尸于河矣。守忠公大悅。各取供詞收係于獄。申奏朝廷。皆斬于市。遠近異之。

落紅
伉儷湖邊隔岸山花猶帶笑

滿地
歡娛地上襯衣野草尚含羞

先叙顧妃生前寵幸後叙葬所皆為后面灵爽根本

顧妃靈爽

宋光宗朝。有寵妃。姓顧氏。由選入宮。性敏捷。頗識書史。而于詩律亦涉獵焉。時宮闈称賢。及壽終。葬杭之湧金門外鵲巢山。物換時移。竟纍纍一荒塚耳。至景泰二年。山陰陳生名廷策。字献之。亦風月士也。對時奇物。寄豪邁于名區。即名山 而詠月吟風。寫幽懷于句律。一日有故。之錢塘。僑居湧金馬。湧金門 因思錢塘江之行。漫興而吟一律。曰南北驅馳歲月遙。旅情羈思兩迢迢。白沙翠竹江頭路。野水黄芦寺外橋。幾點征帆投極浦。水口曰浦 數聲漁笛起寒潮。浮雲世態何須問。且盡西風酒一瓢。是時更闌夜静。萬籟無声。而斜月已沉。無甚光霽。正黯淡之間。行次室西曠野。俄聞啼哭之声。隱〻自遠而近。聽者亦覺悽愴。生迺潛避僻隠處。覘其動静。覘視也但一美少婦。冉〻而來。雖行且泣訴。而其脂膏潤盈。姿采妖嬈。自有一種竦人觀視者。且連声曰。良人良人。今不知其何在也。生本放浪者。且見其美。迺快〻不自禁。平声趍出其前。因戲之。曰。良人在矣。哭之何為。其婦亦不甚怪。欽容謝曰。妾之幸也。生曰。胡以夜行。嚬泣。曰。妾東村顧氏女。不幸良人早逝。寡處事姑。因姑不睦。為其所逐。

奇遇天緣古有槐陰相証者有曠野相逢者有招商店上者夫閨有席地之樂如陳生

生曰。然則將何之。嬪曰。將往舅氏家避焉。生因以語挑之。嬪不之拒。生求婣媾。嬪遂許諾。生將欲延至寢所。旅寓處慮其室同居者多。恐為敗事。頗不得已。解衣襯地。而交會之。幕天席地。何須花燭洞房。綠草鋪茵。尤勝芙蓉引蓐。臨別眷眷。不能舍去。舍音捨生執嬪手曰。不識何時重解羅帶乎。嬪笑曰。即此地歡會可也。君無還焉。生自是夜又候之。但生至則彼先在。卒未有能過之者。嬪迎謂生曰。郎君來何暮。遂相與交會。由是盡歡。嘗拊生背而吟二律。曰。梨花滿地月明來。虛聽官車响若雷。綬斷銀瓶難再續。鎖開金鑰

二律朗吟且覺古雅入詩殺罔不當因其事之異而并輕其詩也

又空回行雲謾想高唐夢詠雪誰憐謝韞才 自光惠
莫把春心共香燼共開拋下冷成灰又云花晴芳塵
憶舊蹤巧鶯簾外度歌鐘緋羅襪襯双鈎細金縷衣
薰百和濃露冷雲廊吟桂葉月明氷殿看芙蓉而今
往事渾難省愁絶巫山十二重吟畢嚬泣曰妾故違
禁令與子偷期者意在久要不忘也君幸毋哭雨散
雲恩情中斷妾于九泉亦共心瞑目矣生誓以不背
初約彼此交往幾半月生忽疑之翌日于會處觀焉
但見封艸喬林莪然一荒塚及訪村老此亡宋光宗
朝顧妃之墓也

塵緣
倚翠偎紅江漢水流情不盡

不盡

顛鸞倒鳳琵琶亭鎖夢偏長

婉娥以二十而卒殆所謂玉人樓歷十矣惜哉

婕妤呈象

偽漢陳友諒有婕妤姓鄭名婉娥玉質冰姿稱絶當世且親事文墨亦火閑音律偽漢極其寵愛焉年甫二十而卒葬于江州之琵琶亭焉江州今九江時殉其葬者二侍女一名鈿蟬一名金雁夫婕妤貴美火入冥司而其靈魄淑魄時爲之晝現居近者或見其遊衍狀或聞其吟聲罔不傷悼之云洪武初吳江沈韶年弱冠亦美姿容詩學薩天錫善詩者字學邊伯京善書者皆爲時輩所稱許嘗和天錫過嘉興題吳中二詩云一曰七澤三江通百里楊柳芙蓉映湖

須是中二詩雖即景感懷要亦有感慨有思寄非苟作者

水閶門過去是盤門半掩朱簾畫樓裏蘼蕪生遍鷺鷥汊東風落盡棠梨花館娃香逕走麋鹿清夜兒燈籠絳紗三高祠下東流續三賢祠 眞娘墓上風吹竹西施去後櫟廟傾歲ゝ春深燒痕綠東南形勝繁華里一片笙簫拂江水小姬白苧題春衫桂棹蘭橈鏡光裏舞臺歌榭臨鷗沙粉墻半出櫻桃花採香蝴蝶飛不去撲落輕盈圓扇紈吳歌此夜憑誰續柳陰吹徹柯亭竹范蠡扁舟去不回惟有春波照人綠他詩皆此類然以家富不欲仕人知其然復利其賄或欲舉為孝廉或欲保為生員弟子紛ゝ殆無寧月韶雖

陳生固非十分能斬才籌屑屑計刀錐之利者其乘峨舸巨艑載萬億重貲何與

不各于財而實厭其櫌乃思避之遂拉中表陳生梁生乘峨舸巨艑皆丹名載萬億重貲遨遊襄漢間次于九江愛匡廬之勝覽彭蠡之清留連郡廓吊古尋幽偶秋雨新霽水天一色偕陳梁二生同訪琵琶亭吟白司馬蘆花風月之篇白樂天想京城女銀瓶鉄騎之韻時月明風細人靜更深忽聞月下彷彿有歌聲乍遠乍近或高或低三人相顧錯諤聽之良久而寂酒罷回船莫知其故韶獨好事翌日往究其實了無所見方欲歸忽奇香襲人韶延佇以俟頃之一麗人宮粧艷飾貌類天仙二小姬前導韶疑爲貴家宅

始而曰有人氣既而曰狂客在麗人益先知有沈生在亭而來者

春臨賞者隱壁後避之小姬翫繡庭心麗人席地而生謂姬曰有生人氣無乃昨宵狂客在乎韶懼使人搜索韶出見謝罪麗人命之同茵韶就茵因請其姓氏麗人曰妾僞漢陳主婕妤鄭婉娥也年二十而死殯于是此二侍一鈿蟬一金雁亦當時之殉葬者韶素負膽氣兼重風情不以為怪也麗人命鈿蟬取酒餚酌于亭上自歌一詞名念奴嬌詞曰離、禾黍嘆江山似舊英雄塵土石馬銅駝荊棘裏閱遍幾番寒暑斂戟灰飛旌旗烏散底處尋樓觀喑啞叱咤至今猶說西楚霸王憔悴玉帳向燈前掩面淚飛紅雨風

詞名念奴嬌一吊西楚一吊虞姬其自寓筆年悽愴寄淹於詞表

輦羊車行不返九曲愁腸謾若梅謝疑粧楊花翻曲
四首成終古翠螺青黛絳仙懶畫眉嫵歌竟勸韶盡
飲數杯後韶豪態逸發議論風生與麗人談元末群
雄起滅事歷歷如目覩且詢陳主行事之詳友諒事
麗人曰春秋為尊者諱為親者諱此非妾所敢知也
韶遂細數其人數十声及其所以敗亡處麗人凄然
且曰但言風月不必深言因口占一詩曰鳳艦龍舟
事已空銀屏金屋夢魂中黃蘆晚日空殘壘碧草寒
烟鎖故宮隧道魚燈油欲盡粧臺鸞鏡匣長封憑君
莫話興亡事淚濕胭脂損舊容吟畢麗人索和韶即

究生丁麗人不惟促席暢飲而且分韻賦詩殆昔人所論才子佳人此其肯遂者惜豈獨明路阻也

依韻酬之曰結綺臨春萬戶空幾番揮淚夕陽中唐環不見新留襪漢燕猶餘舊守宮別苑秋深黃葉墜寢園春盡碧苔封自慚不是牛僧孺也向雲堦拜玉容麗人聞而嘖嘖曰可謂知音于是促席暢飲共宿于亭一如人世俄而旦矣執別麗人曰今夕當歸舍中謀為久計可也韶領之許之也遂返旅舍紿陳梁二生先歸韶獨留寓是晚再去金鳳先已在矣遂導過亭北竹林中半里許見朱門堊壁燈燭交輝及堂美人笑接設宴出紫玉杯飲韶且謂曰此吾主所御今以勸郎意不薄矣宿留月餘不啻膠漆一日麗人

麗人既不敢致生于非命又慮致重譴于陰司故潛影韜聲亦以靈爽固自炯炯其不昧也

命韶往市中覓青芊乳潤其目兩眥月餘也韶如言求得潤甫三旬麗人白晝可起或同攜素手遊衍隧中或並倚香肩笑歌亭上不覺春來秋去四載于茲雖比目並遊之鱗戢翼㵎棲之羽未足以喻其綢繆婉孌也是年冬初麗人涕泣辭謝韶欲自縊麗人不可曰君陽壽未終妾陰質未化久溺塵緣致君非命陰司必加重譴責也于是設宴送行酒罷麗人出赤金條脫一雙明珠步搖一對付生曰表誠寓意再會無期顧郎珍重親送至大門掩面而哭韶亦悲不自已殘淚盈眶四顧則失其所在矣韶尋原居梁生亦

以一絛脱而得萬錠錢于回回則併其所謂步搖者信至寶也

至自襄陽陳生客死房縣于是偕梁同歸至家則其妻亦死久矣乃以條脱一枚麗人所贈授回回肆中賣之得錢萬錠于虎丘靜處建壇請道士鶴休周玄初設靈寶鍊度三晝夜薦其妻韶乃齋爲心詞一封潛于香爐焚之以資麗人冥福是晚玄初夢三婦人一張姓一鄭姓從二小婢謝曰妾輩俱承善果已授龜臺金母侍宸矣言訖駕祥雲向西去翌日玄初語韶曰君薦只主闘張耳何有鄭姓者三人韶心知爲麗人鈿鷹佯爲不解曰吾夢亦如之然不知彼三人誰也卒不以實告焉後生作有琵琶佳遇詩云

漢宮
胡塞沙塵萬里風號添舊恨

遺怨
漢宮楊柳幾番烟鎖帶新愁

畫撫而嘆奸臣之誤亦千百載公憫之心

明妃寫怨

漢明妃者王嬙也受讒入胡虜廷因琵琶寫怨後卒葬其地塚青草焉至金大定癸未上京內族完顏守義文雅士也有故出行（事故也）見明妃塚有感于心因拱手嘆之曰烈哉烈哉奸臣誤爾哉葬身漠北飲千載之痛恨哉既去亦付之往事而已至暮乃歸道途複過妃塚但舉目視之見一華居岿然獨立（岿高大也）盡棟雕梁非人間之府朱簾翠幙撤天上之仙居守義且驚且疑未及詳細乃見一美人齒香艷體態盈盈自內而出曰公子暫屈拜茶可乎守義

守義教子明妃生於秭美齒安州矣月十六ㄙ相去數千竟得一處相告語者徽餘宵夫亦遇之奇者乎

未及致辭美人復有請不得已而隨之進至中堂
主而坐而茶而繼之以酒美人起謝曰日間辱蒙清
聆無致不平之詞妾雖九泉草木同腐且感之不忘
也守義方欲叩問其姓氏及日間之語美人遽起曰
妾請自叙衷情公子幸勿驚訝妾非今世陽人也即
大漢朝明妃王嬙昭君也自賊臣讒譖指漢毛延壽
俾妾和番追辭帝而出帝閱妾容而悔之然業已遣
矣悔之何及妾至虜廷日抱琵琶而寫怨悒鬱而亡
至于今日猶作望鄉之鬼延吟七言四句一律以自
嘆云詩曰萬里黃雲塞草枯琵琶無語月明孤玉蜀

明妃問士夜見之不敢復有所謂侍婢玉環者果何人也意在以蔡文姬箭乎

回望將軍寨錦帳氈能 手席也 夜博盧 博局戲也盧呼盧也 吟已泪數行下守義亦為之動容更口占短律以答之曰琵琶寫怨怨如何古道佳人命薄多荒塚已知青草色夢魂曾到漢宮麽慰諭者再四明妃又曰公子在堂不可虛度清宵于是呼侍婢玉環者命之舞以侑觴玉環請歌胡笳十八拍明妃曰胡笳十八拍曲雖清麗但對今人歌昔曲君子謂之悖乃自製燕歌行教之歌曰攙搶夜射飛狐北虜騎千群來寇賊烽沙走莽黃入天笳鼓連營慘秋色大將排營列漢宮雕戈画戟指揮間旆旌大棘城邊月箭滿

燕歌歷指征戰事故乃明知有時觸于目感于心者

連祁雨后山戍卒年深皆着土慣識軍情时風雨驚酹報國慷慨心肯學當年渾脱舞〻八月飛霜百草腓殷樅餞樹暮鴉歸南山射虎風鳴鏑大澤呼鷹雪打圍桓〻驍勇從戍久競取功名惟恐後橫槊長歌孟德詩書目標請纓生係番王首單于從來大小百戰余鉄券丹書尚何有牙旗虎影凍㶚風匣劔虹光夜冲斗被堅執鋭亂紛〻咆哮橫行策異勳君不見田單能用命援桴一鼓奮三軍歌竟灑闌天漸曙矣守義辭謝而出四首則華屋不知所在焉

別是
翠幙雙垂美女殿前多衮繡
十七

壺天

宮詞四律書生筆下掃雲烟

灯下叩門之声已致韓生之疑矣而况非之以一女上之盛宴羅帕金釧之仪亂宜其不敢行而弗受也

夜召韓生

紹興韓文盛博學士也齊冑軟韓歐文章既已稱善韓歐善文而軼駕李杜聲詩尤見其工李杜善詩於至元巳卯一夕燈下閑坐忽聞剝啄叩門之聲文盛急起視之乃見二女子容色絕人以黃羅帕裹金釧一雙致文盛前曰主母奉邀文盛疑不敢行固却不敢受二女強致其袖中一牽衣一挽帶疾馳而進約五里許乃一荒原之地見一巨室華榱隆甍萌朱簾翠幙若世間王府之制二女引文盛深入重門直至殿下遙見一美人端坐霞冠玉帔衮衣繡裳侍妾數十

自稱大宋度宗朝貴妃胡氏雖不敢必其爲真實要亦少年好子弟樂不厭者乎

人各執掌扇其容肅肅文盛俯伏階下二女復命美人降階迎曰屈致文士幸勿罪焉延生起又延生以賓位坐生固辭始侍坐（側坐）美人曰今有所請子勿駭異妾非今世人乃大宋度宗朝貴妃胡氏也以子詩文甚高特煩賦宮詞四律以光蓬蓽耳（蓬室蓽門）即命侍妾出紙筆於生案一侍妾為拂紙一侍妾為捧墨生領命唯唯不假思索遂揮筆而成宮詞四律其一曰垂楊門巷嫩寒餘銀鴨香清遶燕居粧鏡寬紅春有態黛蛾分綠畫難如雲飛巫峽夢潮隔潯陽久曠書惆悵碧欄干外月梨花蹤影倒窗虛其

宮中多幽寂宮人多惆悵故其詞亦多悽惋之声

二曰金殿流螢月半沉謾思當日寵恩深風清香靄捐秋扇露冷空閨急暮砧別院頻翻鸞管玉長門深鎖獸環金可憐碧海青天外誰識嫦娥夜夜心其三曰鈿合鸞釵迹尚存幾看新水化生盆金魚户鑰花千點玉虎絲牽月一輪翠竹暝烟思帝子綠蕪春雨怨王孫愁來更上危樓望江水無情也斷魂其四曰簾外東風扇曉寒碧菲香老共誰看平声金鈴大卧紅綿毯翠羽鸚啼白玉欄花暗小磁塵舊錦草深圍磴飛鳴鸞晝長寂寞無人問自起閒敲响玉盤生既書畢二女婢進呈美人覽之大悦誦之再四稱賛不

始出以錦綾金銀爵盞復贈以詩律志不忘美人知所以重文士矣

置遂命侍妾設案待之肴列珍羞壺斟玉液擬仙府之素將非人間之具有美人復命侍妾出蜀錦十疋湘綾十段金銀臺盞五對即坐上賜生曰姑充文士願楮之費耳（願筆楮紙）未可以言謝幸勿罪輕瀆焉禮畢美人成詩一律以贈別詩曰宫詞四律識英才惆悵何當一別催千里輕勞雙舄至（舄鞵也）兩樽忻對百花開玉爛閒錦吾灰矣宝劍冲星爾壯哉此去定知鱗甲变好從平地聽春雷文盛不勝感悅拜謝而回遂致大富至今稱之

曠野
失路醫生何幸再逢花燭夜

佳期

無人荒塚安知重度洞房春

褚生由儒而入醫則其心有以虛補實故其醫稱國手而得遠近之信從也

野婚醫士

鎮江褚必明醫人也少業舉子弗偶（不遇）乃棄儒業醫學深明岐黃之精蘊（岐黃醫之宗）察藥餌之君臣遠近迎接者絡繹於道一時稱國手云（醫國手）正統乙巳因視疾往遠村歸抵中途天色已暝俄大雨如注雷與電交作風送雨聲悽必明甚怖不能前進俄見路傍一叢林蓊鬱可依疾趨避之至則昂然一居所（人所居室）且燈燭有光必明見之大喜過望隨叩其門忽見一丫環秉燭而出問曰客何來必明曰夜深迷路且值暴雨欲假宿耳丫環喏喏引至中堂入

說此端倪亦善形狀令人聞之有感

報少頃一女盛粧出迎花容壓西子月貌賽姮娥形容美貌丰采動人異香滿室年可十八九接必明叙禮畢坐令賓主言詞舉止悉中矩度茶罷女起問曰官人尊姓閥閱何居必明指曰僕本郡鄙人以營為業因遠視疾迷路至此暫借貴宅一止宿未審容否女郎首肯之以首示肯既而泣下曰妾早喪嚴君久也鴛幃失偶未字即今春秋十八矣每因時而感嘆恒覩物以傷情詩云趯趯阜螽喓喓草蟲微物過時尚能感興矧人為萬物之靈反獨守閨房而空老耶妾之慨嘆者殆此耳必明聞言大悟乃徐言曰日月

謂男女居室人之大倫是美謂河間女子為足俗尚痴佳人為企仰是甚然乎

逝矣歲不我與青春易失良晤難期且男女居室人
之大倫故詩詠關雎易首咸恒河間女子輕合非不
足稱而西廂佳人尤企仰在耳娘子年芳貌美何患
無配倘不棄鄙生敢效魚目之混珠也女笑而謝曰
誠良緣事出天定非人耳即携生手共至寢榻見壁
中掛采蓮曲一幅曲乃女所自製者生朗誦之曲曰
采蓮朝下湖西曲短袂輕綃閒粧束小紅艇子駕雙
槳蕩破瀲瀲鏡光綠荷葉荷花颭錦雲鴛鴦兩兩護
波紋荷錢却喜似儂鈿儂我也藕絲還愛似儂裙湖
頭昨夜西風雨沙嘴新添三尺水翠倒紅翻相向愁

采蓮曲中亦不過溪漲之已心江

波心半露青蓮子采蓮復采蓮回船正迎浪不惡出
声·歸去遲只嫌明月上明月團團湖水秋清光滿面
照人羞面家只隔湖南宅咫尺橫波日夜流湖南復
湖南彼岸石頭巖欲上無由上掩向空自慚閤誦既
畢深賛其詠遂解衣就寢亦極其歡矣彼此繾綣之
私情固有不待言者久之女復請曰與君一夕夫妻
猶勝百年姻眷君他日過此毋忘舊情毋古無字可
也生心疑其言已而聞鷄鳴聲女辭起衣生復就睡
夢夢中不覺一張目但見天色大明日光映体亟起
視之乃袒卧于一荒塚間焉

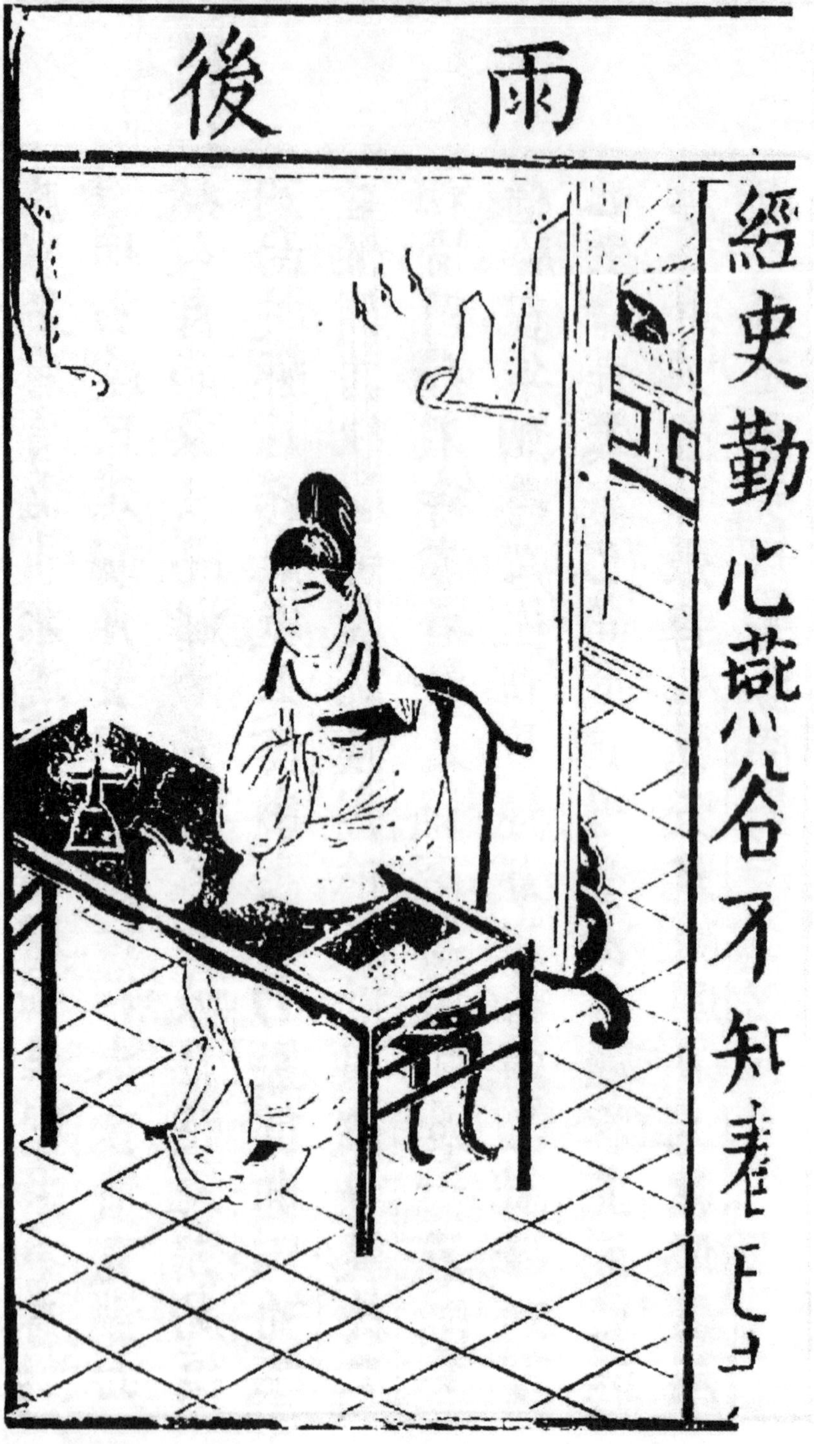
雨後
經史勤心蔬谷不知春已

逢嬌
妖魔蕩志藍橋空喜路能通

擇居而擇師見倪老之者教十六補邑庠見倪生之美學

配合倪昇

烏程倪昇敏士也父曰倪老居積饒富愛昇英敏為擇師有專教烏故昇以有教而專學年十六補邑庠弟子員於居宅東開闢一圃極潤大中構書院一所粉飾壯麗命昇延師肄業其內時成化丁酉歲春正月十有七日下午忽狂風大作黒雲蔽空天將雨俄而房門啞然有聲昇疾視之見一女年方十六七齒如瓠犀膚如凝脂巧笑倩兮美目盼兮極其窈窕目昇拜之昇怪問其故女曰妾之敝廬居舍去此不遠有故他出阻雨而避詎料有玷斯、、也昇悅其貌不

衝風冒雨突入書館無與緑人之私奔矣乃聞之而怒何哉蓋好名人情也雖婦人亦然

能定情揖女坐而挑之曰素無紅葉之約韓翠屏乃有緑綺之奔卓文君竟不審蘋蘩有倚玉之榮乎女怫然不悦辭去者再昇固留之女怒曰尔言紅葉之約其亦庶幾矣若謂緑綺之奔是賤妾也何言之謬哉昇謝罪再四女始以婉容答之遂與交會極其綢繆女曰妾以君文學之士輕棄千金之軀甚勿漏言以汚清譽自此妾當往來無間矣間去聲昇甚感之以死自誓由是果旦去暮來殊無阻絶昇固問其姓名女復怒曰噫吾知君之薄倖矣若知吾之姓名萬一漏言則嚴君以妾為何如人宗族以妾為何如人

長吟二律閨以寄思琴之懷亦以寓室家之怨

鄉黨以妾為何如人妾心向君非不專且固所以踰墻相從者為此也俟君交契年餘倘不背前盟妾當忍死以待終奉君之箕帚昇以釵用憂女即以金簪與之一日昇與女獨酌窗下女吟二律曰窗掩蟬紗怯晚風梧桐疏影曲房東自憐燕谷無春到誰信藍橋有路通碧玉杯擎鸚鵡綠黃金帶束荔枝紅十年一覺繁華夢覺音教蓋見青銅兩鬢蓬青銅鏡也又云夢斷行雲會晤難翠壺銀箭漏初殘鴛衾捲綉香猶住雀扇題情墨未乾音干滿院落花春事晚一庭芳草雨聲寒機中幾字迴文錦安得夫君一笑看平

人骨尺許而幻變若茲此必少女骨也精魄未散故成祟耳吸人精血久則成形豈復能術耶

曾吟畢邀昇繼和去聲昇答之曰昨夜嫦娥下月宮滿身香帶桂花風書生何幸相親傍透出文光射九重女與昇交往歲餘父母怪其形容顦顇問昇所由昇秘而不言但詭云罹時灾而然耳他無所事也其父謂其母曰昇所居幽邃安無外情吾當察之一夕其父穴壁而窺但見昇或語或笑初若有人熟視之一無所見父心知其爲妖邪也召法師治之法師伏劍至圃掘地得人骨尺許微動法師揮劍砍之中流鮮血焚其骨於郊外而昇之病亦尋愈焉

花間
花園
軒對百花種種迎風成獨笑

得意

歌殘一闋言言帶淚為誰愁

搆亭後園父之所以處今者已不必言而况白壁之句能無亂前月下之想乎

留情慶雲

天水趙君錫富而好禮者也側室有一女側室謂妾名慶雲年及笄未許字字許嫁也聰明美貌出於天然父母鍾愛之於後園中搆屋數椽扁曰百花軒女居其內嘗題詩於白壁曰千紅萬紫競紛芳正值清明景豔陽春意不容輕漏泄任他蜂蝶往來忙時深秋之節艸木黄落景物蕭條慶雲不勝悽愴勝平聲因散步後園用以自適過太湖石畔俄見隔壁一少年聰明卓犖休誇宋玉之才俊雅風流不下潘安之貌問其年可十六七而已往來竊視甚情滿然女雖

买而顧陛接受文枉五言詩句酬和之私

不以介懷然而春心飄蕩亦有不能以自拘禁者自此慶雲日往園中則少年日在窺瞷私覷彼此日成既久漸放一日慶雲以白羅香帕擲與少年少年以水晶刷隊墜履之吟曰花下遇喬才令人倍愴懷女曰鵲橋今夜駕專待粉郎來是夜女獨候於門側侍妾悉屏去甫漏盡少年果至相與携手而入解衣就寢極其歡娛雖世所稱魚水相投膠漆孔固（堅固）莫是過也一夕女與少年酌於花下金風乍起穠思爽然（悲天聲）少年乃歌秋風詞一闋詞曰秋風蕭蕭兮鴈南歸草木黃落兮夕露沾衣明月皎皎兮照我帷蟋

一秋風劉
一七言詩
其卒心生
自又雅呈

蟀在壁兮吟聲悲嗟予山中之人兮猿穴與居悵獨
處此兮情莫能娛懷佳人兮路脩阻而莫隨涉川無
梁兮登山無車梁橋也歲冉冉其逾邁兮曷云能來
叶棃念昔者之懽會兮今焉別離爰而一見兮使我
躊躇女亦口占一律以答云詩曰小衾孤枕與蕭然
蟋蟀微吟近枕邊千里有緣誰約信九秋多病只高
眠殘螢淡月梧桐影孤鴈西風臙炬烟人道少年行
處樂音洛我今惆悵酒尊前吟罷盡歔自是旦去暮
來登門經半載而瘦雲日見其眉鎖春愁臉欺粉黛
神思恍惚肌膚瘦弱病覺深矣父母怪問其故女終

臨別綣綣血下例兮知其所終尸斷首焚骨者

不吝忽云郎君至矣遂昏沉半晌悟也君錫知其爲兇祟所惑乃潜於臥處窺之直更餘見一少年自外而入撫女曰慎勿以吾情泄於汝父母萬一不謹不惟貽累於我抑且取罪於汝汝之病將久而自愈也女唯唯而已臨別少年曰會晤難先期居諸不再得日王沔月諸女應聲曰今日百花亭明朝何地客相泣而去君錫尾之至後園桑下而沒翌日伐木發其地得一伏尸儼然若生者狀君錫怒斬其首而焚其骸骨矣其故址少年不復見而女病亦尋愈矣

畫像
懸像空堂素素一襟圖繪婦

呈靈

效靈深夜嬉嬉十咏竹枝詞

古畫中繪一婦人形不過讀精之陳迹耳顧一變而有形復有言復有吟詠律句畧哉

詩動秦邦

大原秦邦字本固生而穎異火業孔孟火去聲負豪邁有膽畧嘗築室於城西北隅七里許讀書其間亦好舞劍好去聲每以劍自隨堂中古畫一幅中繪一婦人形世傳為羽人遺蹟而相贈云邦勤學夜分不寐時宣德辛亥九月良夜漏甫再下覺神倦將欲就寢忽見一美人自外而至立於燈下素衣淡裝舉動娩媚而微有嬉笑容緩步進曰妾姓泥氏字繪素本鄒人也念妾既以粉素為先不尚華彩之飾賴松溪士之成肉血松溪士墨也感毛中書之作胚胎毛巾

鉗円求文士之鄙正而貫前以動君子之好逑

青箱也　旣吳人形必知動履先生不以槁木死灰爲
嫌賤妾須以握雨攜雲相待耶聆其言心知其爲妖
怪而亦不之震怖未及荅阻婦人復曰妾有竹枝詞
十首敢献於文士之前得一鄙正可乎遂朗誦焉其
一曰家住東吳白石磯門前流水浣羅衣朝來係着
木蘭棹（舟楫）　閒看鴛鴦作隊飛其二曰石頭城外是
江灘灘上行舟逆水難潮信有時還又至郎舟一去
幾時還其三曰郎爲功名走九州（爲去聲）　妾愁日夜
在心頭無因得似白鷗鳥隨着郎舟到處遊其四曰
勸郎切莫上巫峰勸郎切莫走臨邛（地名）　臨邛少婦

上詠當物異思得列國風人之體雖詞近於俚无言也

解留客巫項峰高雲雨濃其五曰山桃花開紅更紅朝々愁雨又愁風花開花謝難相見懊恨無邊愁殺儂我也其六曰蜀江西來一帶長江水無波鏡面光長恨人心不如水等閑好惡最難量好惡並去聲其七曰西湖荷葉綠盈々露重風多蕩漾輕荷葉團々比儂意露珠不定似郎情其八曰劝郎水底莫鋪綿劝郎石上莫栽蓮水底鋪綿々易爛石上栽蓮根不堅其九曰油壁尋芳柳斗蛾名娼春衫半臂試輕羅海棠花嬌香不露怕甚狂蜂浪蝶多其十曰燈花昨夜燦銀缸鵲聲今日噪紗窗可中三日郎相見重綉

天下族不能以勝彤鬼不能以勝人邪不能以悸廿此美人將趨壁上而不能犯邪也

麒麟錦帶褒吟訖趙邦前將扼腕調衰之擄邦光臨
邦神色自若不少為動但按劍疾覷厲聲叱曰何物
妖魅敢侮正人廼爾苟不疾行吾當斬首美人曰君
將為柳下惠乎坐懷不亂君將為魯男子乎閉戶不
納能為柳下惠請容駐片時無負冥夜相投之初意
若為魯男子則清議自公又何拒妾嚴憚之若是耶
邦大怒提劍逐之環座而走逐之益急美人乃無所
自容疾趨壁上而不見其形影矣邦悟其所繪婦人
能為妖怪遂毀其像而焚之惟亦因之以不見矣

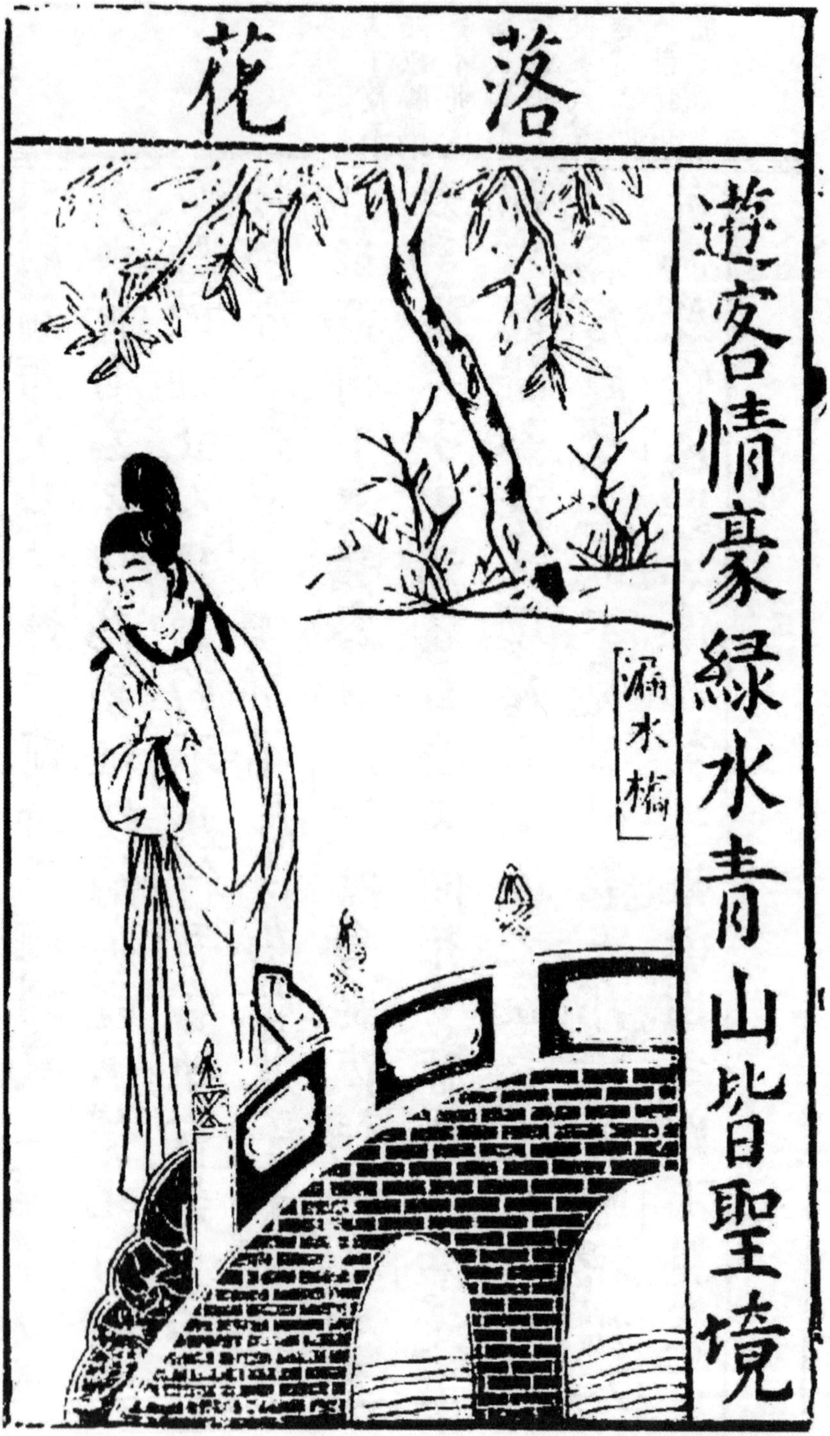
落花
遊客情豪綠水青山皆聖境
灞水橋

流水

佳人魂遶雲鬟霧鬢擬僊姬

喜春詩和矣西湖當勝矣徐生之遊亦樂哉

孔惑景春

臨安徐景春富室徐大川之子也年約二十餘丰姿魁偉綽約有聲（名也）善吟詠美風調（去聲）經營之計頗練而山水之興亦高（與去聲）時當莫春春服既成陽春惠我以佳境大塊假我以良辰景春乃命僕携酒出遊西湖之上南北兩山足跡殆將遍焉少頃日落西山月生東海興盡言旋信步而歸至漏水橋側俄見美人隨一青衣而行雲鬟霧鬢嫋嫋婷婷望之殆神仙中人也景春顧盼間神魂飄散嗟嘆久之美人行且吟曰路入桃源小洞天亂紅飛處有嬋娟裊

父母早亡稱家人今野天下有一女子不然弟宗族而子然僑居乎景春但心憐其人亦不暇察美

王曾赴高唐夢始信陽臺雲雨仙朝行雲暮行雨姿

成嘆曰湖山如故風景不殊時移世換令人空抱黍離之悲生趍趍前揖之曰娘子何以孤行果獨得其意趣乎美人曰妾與女輩同行踏青遊覽士女雜沓偶爾失群乃欲取路而回迷蹤失徑耳景春扣其姓氏居址美人曰姓孔小字淑芳湖市宦家之女也家事零替父母早亡既寡兄弟又鮮族黨止妾一身獨與王梅僑居西湖之側生稱送之美人笑曰君子能顧盻乎敝居特咫尺耳於是生女並肩而行極其歡昵逕至女室設肴酒對酌西窗下相與論詩曰唐人喜

四韻分四時曉自滿成却亦敏捷之足取

作廻文近時罕見景春曰玉人柔情惱思去聲談笑為之若予輩蓋鈍無復措辭美人笑曰請一題景春曰四時題可也美人即賦詩曰花朶幾枝柔傍砌柳絲万縷細搖風霞明千嶺西斜日月上孤村一樹松右春凉回翠簟冰人冷齒沁清泉夏井寒香篆裊風青縷縷紙窓明月白圓圓右夏蘆雪覆汀秋水白柳風凋樹晚山蒼孤燈客夢驚空館獨雁征書寄遠鄉右秋天凍雨寒朝閉戶雪飛風冷夜關城堆紅獸炭圍爐煖淺碧茶甌注茗清右冬景春嘆其敏訣即濡毫和曰芳樹吐花紅過雨入簾飛絮白驚風黃添曉

嗚呼孔淑芳陽氣未絶與妖作孽慕春遇之使无淫怂之心則形不化亦能如是哉

色青舒柳粉落晴香雪覆松（和春）瓜浮甕水涼消暑藕疊盤冰翠嚼寒斜石近指穿筍密小池舒葉出荷團（和夏）殘日絢紅霜葉赤薄煙籠樹晚林蒼鷺書可恨羞封淚蝶夢驚愁怕念鄉（和秋）風捲雪蓬寒罷釣月輝霜柝冷敲城濃香酒泛霞杯滿淡影梅橫紙帳清（和冬）美人亦稱善徘徊久之遂薦枕蓆之欢共效于飛之樂而其僕乃先歸焉父母恐其或醉倒或投楚館命僕四出尋覔不得翌晨隣人林世傑過新河垻上墳塋之側見景春俯伏于地知其為兕所欺也急救回家父母喜甚墳中有亡女孔淑芳之碑在焉

中流

清夜寂寥應恨嫦娥孤月殿

奇遇

輕舟遊衍喜逢織女下天津

放舟中流不過自適耳而忽有蕩波之舟与之相值既呼其名又促舟聯接乃設酒對吟亦詞之奇者矣

妓逢嚴士

徽州嚴景星字天瑞詞章士也天順己巳間一日駕舟訪友放於中流任其所之天漸暝矣時聞巨鱗跳躍於波間宿鳥飛鳴於崖際景星慨慨悲歌若有所失忽一舟蕩波而來中坐一妓景星艤舟避之妓笑曰天瑞何排妾也即促舟相聯過嚴舟而拜曰今夕有緣與君一晤（晤會也）遂命婢設酒對酌景星意妓之誤認不與分辯唯唯而已酒數行妓曰君素善詩者姬庸自作（庸用也）各集唐人之句以十首為率何如景星曰然妓先吟曰芙蓉肌肉綠雲鬟幾許幽情話

十韻彙集 詩詞意足 名公叙懷 亦自切當 令人不厭

欲雜聞說春來倍惆悵莫教長袖倚欄干數平聲

旦雲想衣裳花想容未知何日得相從身無彩鳳雙飛翼只有襄王憶夢中高唐夢 妓曰萬轉千回懶下床門前月色映橫塘無情不似多情苦一曲伊州淚數行音杭 嚴曰粉霞紅綬藕絲裙倏忽還隨霖雨分一自高唐賦詞後夢來何處更為雲 妓曰潯陽南上不通潮卻羨遊程歲月遙明月斷魂清霄霄玉人何處教吹簫 嚴曰南陌愁為落葉分陰蛩切切不堪聞晚來風落花如雪忽到窗前疑是君 妓曰愁心一倍長離憂紅樹青山水急流門外晚晴秋色老不堪吟

寫情去別宛然唐人面語口吻

倚夕陽樓嚴曰眞成薄命久尋思野寺尋花春已遲何處相思不相見九嶷雲盡綠參差妓曰與君相見即相親默〻無言幾度春別恨轉深何處寓晚來幽獨恐傷神嚴曰愁聽寒蛩泪濕衣（泪音淚）嗟君此別意何如相思莫道無來使（去聲）雙鯉迢〻一紙書吟畢鼓掌大笑解衣就寢已而樂極（樂音洛）妓復言曰今以浪花為題各吟一句輳成一律君意何如嚴曰得之矣妓先吟曰不欲天邊帶露栽嚴曰只憑風信幾翻催妓曰一枝纔見逶迤動嚴曰萬朶俄經頃刻開妓曰溢浦秋容和雨亂嚴曰鏡湖春色逐人來妓〻

以崇侍溺之才亦稱奇才不知湯舟之妓果知於人否

曰兮明一幅西川錦巖曰安得洣刀爲剪裁壽夫銳
妓起而拊其背曰奇才也巖亦嘆曰卿之才亦可肩
白雲而駕薛濤矣白雲薛濤皆善吟予雖駑鈍敢不
效顰一律以賛其美乎妓曰不敢請耳固所願也巖
曰盈盈僊子不尋常絶勝當年王四娘名妓眉黛乍
描欺栁葉朱唇半啓破榴房吟風醉月情何厚握雨
攜雲趣更長兮付傍人須着眼蘇州曾斷使君腸使
去聲妓笑而謝曰蒙君過美何以克當此意此情深
銘肺腑未幾狂風大作雲霧晦暝失妓所在竟不知
其爲何怪也

客旅

身逐獵塲鞍馬秋風投旅店

良緣
名聯姻牘錦標春色出隣墻

始得之於
夢將虛幻
互睹見其
形且同枕
席何過之
有也

旅魂發夢

餘干縣鄉民有張客者因行販（商販）入邑寓旅舍夜甫更盡時碧天雲杳皎月無塵樹影橫窗亂梅香入夢清張以孤宿始繾綣不成寐繼而神思恍惚似寐而心則醒然乃夢一婦人鮮衣華飾求薦寢席朗朗有聲既覺（音教）其婦人宛然在傍到明始辭去次夕方合戶燈猶未滅又立于前復共臥張問其所從來婦曰我隣家女子也去此舍甚邇知君貴客故敢相從因行吟曰東隣少女碧玉梭（少去聲）雪縷鳳機成素羅雨意雲情肯輕許縱然折齒將如何張意甚悅

屢來見形蓋沉冤帶恨罔克自伸故其英魂積而不散耳

亦短吟曰翠袖紅裙窈窕娘鴛鴦衾擁麝蘭香何處有夢巫山近孤館誰云只斷腸彼此情濃遂經旬日外人覺之疑焉疑其爲怪或告曰此地有娼家女曾縊死屢晝見形君所與交意者爲彼所惑張秋不肯言自後夜與婦狎亦不畏懼一夕婦復來張委曲扣之婦畧無諱色應聲曰是也我故娼女與客楊生素厚取我貲貨二百斤財貨約以禮娶我而三年不如盟我怏怏成疾投環而死今此旅店實吾故居吾是以尚眷戀不忍捨去且楊生君鄉人也君識之否張曰識之聞其娶妻貨殖家計日饒裕婦人悵然因吟

牀下白金發之果得所以堅張之心其事之雅亦與古乩琢相類

曰人生住世考連理並頭奇何處空題桒誰家謾結褵漆膠當自固枉廗只余知愼勿朙嫌隙空教愶別離張亦隨答曰邂逅遇僊姬神清貌復奇芝蘭同臭味松栢共襟期永作閨房樂洛長陪楷墨嬉太山如作礪地久與天齊韻成良久婦曰我當以終始說爾矣昔嘗埋白金五十兩於牀下人莫知之可取以助費張發地得金如言不誣誣誣婦人於是雖晝亦巡一日婦低語曰久留此無益能挈我歸乎張爲齎尚婦曰可作一牌上書某人神位藏之笥篋中遇所至啓笥篋微呼即出相見張悉從之去旅舍取道而還

故娼死于前楊生死于后雖冤冤之相報亦天斷之懨懨乎

人咸謂張鬼氣已深必殞于道路張殊不以為疑日三經行無不共處（上聲） 及抵家敬于壁間設牌位事之妻祈意其爲神瞻仰不怠未幾見一婦人出與張語妻大驚詰夫曰彼何人也莫非盜良家子乎幸毋賈禍（賈音古） 張以實對妻始定同室凡五日婦求往州市督債張許之達城南且渡婦曰甚愧謝爾忝相從不久何張泣下莫曉所云入城門亦如常及彼呼之再三不可見乃訪楊客居見其慌擾殊甚問隣者隣答曰楊生素無疾適七竅流血而死張駭怖還歸竟無復遇

宛疑
琴劍相親自許壯心依旅次

美少
髑髏幻變恍疑少艾勸人情

陸龜蒙自号江湖散人而不忘号龜後人則孔生之志可知矣

髑髏釀集

并州孔希呂䑓商也既在徽塲每重錙珠之得失已經利鎖餘無朧蜀之驅馳一日因商販道經太平地名客寓無聊深切鄉思常以一琴一劍自隨號龜蒙後人龜蒙姓陸江湖散人乃吟二律其一曰故鄉何處是并州萬里關山不斷愁野竈夕陽人獨立城邊秋色水空流宦情已愧今弘景姓陶客况何如昔少游姓秦一夜西風吹帽破歸心遙寄楚江頭其二曰青山萬里水漫漫客裡應知跋涉難草木变衰秋露重湖湘飄泊晚風寒天涯有客如張詠江左何人是

非泣非訴又非赴水何以動孔生之手援乎

謝女緑鬟朱顏今盡改可憐惟有寸心丹吟詎倚遺少態俄聞哭泣者聲聲哀痛似甚不平孔生舉目視之則一婦人淡粧椎服縞素無文而其天然姿態覺甚穠麗可情至水滸（水涯也）且泣且罵曰與汝半載夫妻恩義無盡有何相負而遂逐我耶我一身不足恤其如汝之薄倖何我死九泉決不自止尚當告之司部達之閻君與汝一決目豈自瞑耶言訖將身赴水孔生惻然馳往援之邀至舡上良久問曰娘子何為而輕生如此乎抑有不平之事乎請試言之顛哽咽而答曰妾張氏之女何氏之婦因與夫不睦被逐而

去娟詞亦
覺委宛悲
切有味

出將欲抱恨以沉淵豈料重㑹而拯溺希呂撫慰再三乃徐挑之曰中饋無人肯相從否娟斂容謝曰妾爲夫家恩義斷絕非君手援則溝瀆沉身泥沙葬骨餽遂魚蝦而往復魂隨流水以飄揚今荷再生之恩已無任矣更蒙舊情敢不顧事箕箒婦事孔生大悅相與交會恩愛殊深娟即于枕上作去娟詞以寫恨云刺促何刺促出門不敢高聲哭憶初癡小嫁君時自謂生死常相隨誰知中道生乖阻棄妾紅顏不如土兮鞋底小荊棘多掩泪行尋旧路何水流花謝杏無情還到春時別恨生静處閑階晴窗雨竟日倚闌

二三〇

一髑髏幻爲人形既能言復能詞調亦異哉奇哉

空嘆語几番春夢不分明愁向秋來蟋蟀鳴風南來兮復來北君恩一失不再得浮雲上天歸有時君心一失那能回糟糠不忘如舊重磨荊釵與偕老詞畢孔生賛其妙曰娘子此詞深有國風忠厚之意矣國風婦一日心有所怯泣謂孔生曰妾幼時為刀劍所恐致成心疾迄今未瘥君有此器可韞匵而藏之毋令妾見以貽後悔君其識之乎識記也孔為然之後數日孔偶醉甚竟忘婦言出劍而舞婦遽失聲而走孔疾馳挽留之則惟有一髑髏而已

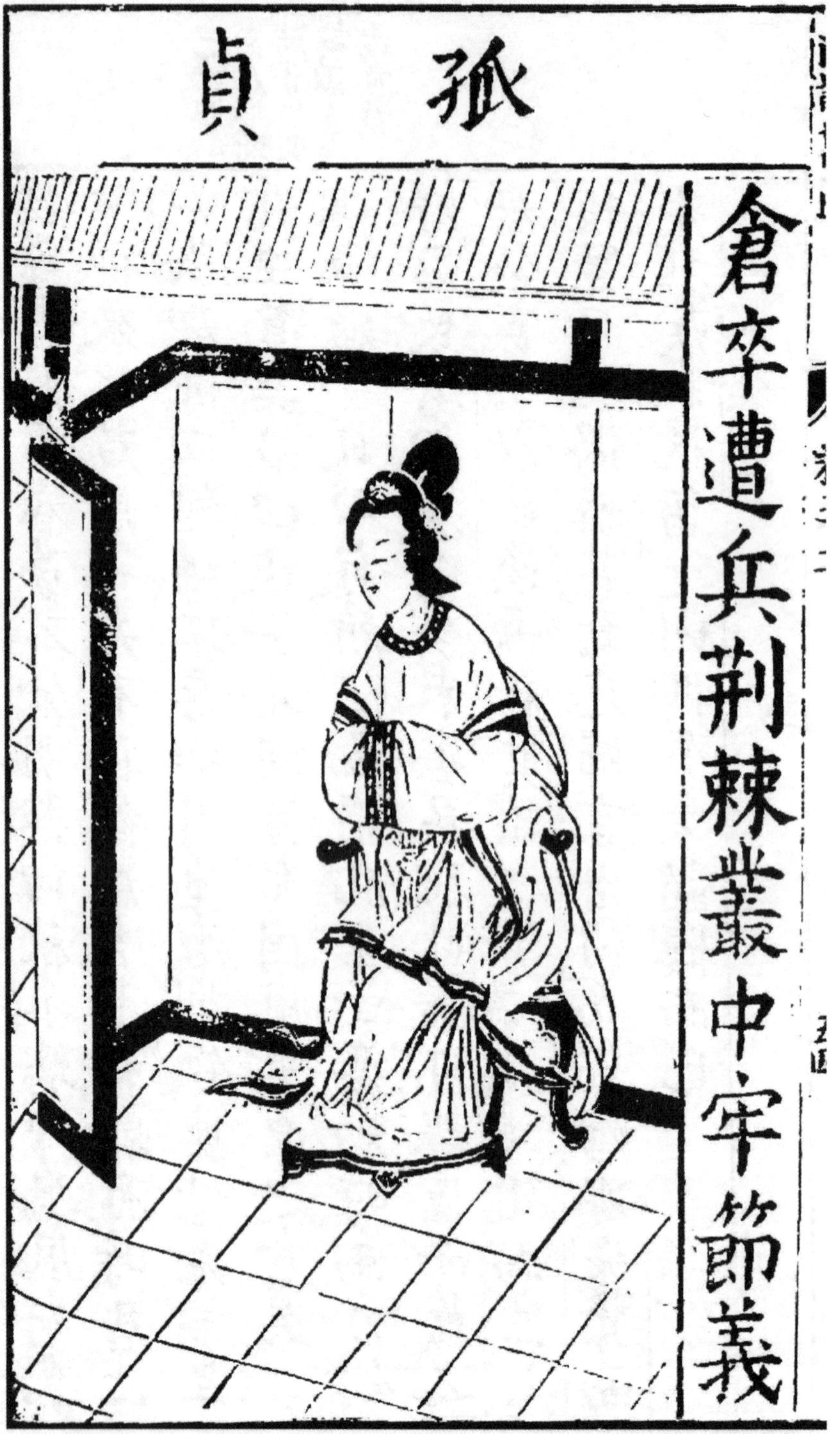
孤貞
倉卒遭兵荊棘叢中守節義

自守
從容就縊香羅帕上繫綱常

正統己巳正土木之變而處州亦有征賊知葉宗者乎

玉簪示信

金華府義烏縣鄭氏子娶舒姓女爲室其女顏色絕美聰慧能詩春秋一十有六而中饋克相逾于老成柳且孝舅姑和妯娌內外咸稱其得矣內助焉正統十四年己巳處州征賊葉宗流哨聚山林刼掠郡邑尉亦爲所擄賊悅其貌桃之百端終不從後乘賊夜寢潛出寨門以羅巾自縊死遺孤甫過歲衣帶中有詩一律曰雙垂玉筋（淖泪也）泣西風好似昭君出漢宮鄉夢不知何日到家書難擬幾時通一腔赤膽愁無限兩簇蟬眉恨不窮擾擾干戈塵滿目傷心都在

舒女死節陰司重之然則陰陽之理一也偷生見死輩何如

不言中景泰三年鄉人藍田道出舒氏喪處時賊已平服蕩無人居昏黑時見火光趨前見一華屋田叩門有一侍女出問故田以實告女入頃之出曰主母邀茶田隨進則堂上一美人降階而迎延之賓坐為設醴酒也田問曰芳卿何姓居此何因美人泣曰鄉親不識耶妾與君同鄉舒之女鄭之婦身死于往賊者四年矣天曹嘉妾貞烈授雷府侍書陰司官名柰衷悃未伸欲仗鄉親達一家報田曰賊徒今何若美人曰此等逆賊上負天地下負君親陽既伏誅陰復罹罪雖萬刼無不人身也田曰幽冥信有果報乎美

冥司以作罰以馬而償前生所負所戒僧知不善大鳴呼豢養之類則亦可以不法者其知惧戒

人曰有陽必有陰有人必有鬼何可言無由曰然則有善惡不報者美人曰特未即見耳終不能逃也請畧言冥司之果報其僧貪淫不法冥司罰以牛贈之詩曰昔日脩行志不堅于今頭角勢嵒然他年隴上春耕足芳州郊原自在眠其道士酣酒嗜色冥司罰以馬贈之詩曰前世何曾結善緣今為畜類有誰憐他時穩步長安道莫待王孫痛着鞭一人趍衆成家冥司罰以豕贈之詩曰損人肥己恣猖狂飲酒千瓶食萬羊今日好為蠢豕去曲闌深處飽糟糠一人起滅詞訟冥司罰以羊贈之詩曰生平書冥寃文房利

評惡有罰則其到司之報吾知其風刀攊磨之不能免也

巳妨人念不臧善也今作柔毛塵世内剥皮烹肉苦人嘗一人不孝不悌冥司罰以犬贈之詩曰恣行隱惡亂天倫日月無光照覆盆飫食厕中人不潔啤；遂莫謹防門莫謂暮一人媍不孝公姑不重夫子冥司罰以牝鷄贈之詩曰不循媍道不脩身擅奪夫權惡六親今作牝鷄須自省從今切莫再司晨一人飲酒閑很冥司罰以騾贈之詩曰半世英雄混草萊貪淫樂裀可哀哉欲知身掛毛衣褐都是風流惹得來一萬石長尅民膏冥司罰以鼠贈之詩曰踢斛淋尖恣意求官粮尅減作私謀于今变化虛星去百萬

書提明綱常二字詩明且契孔子春秋朱子綱目見其正大議論

倉中莫安偷他如亂臣賊子永墮沉淪求為高而不可得已言訖出書一紙碧玉簪一双付田曰家書煩為轉達不信當以玉簪示之田辭謝出馳書至鄭蔚二家逆其意并玉簪其舅姑父母舉曰此亡灵故物也大驚異乃閱其書云竊惟綱常為国家元氣人身大經國焉廢此則戕其元氣而傷敗彜倫之事與人焉廢此則喪其大經而絕滅天理之倫作是以孔子脩春秋朱子作綱目皆所以扶天理而遏人欲正名分以植綱常耳矧女之責夫猶臣之事君女之事夫其心惟一而後謂之節臣之事君其心惟一而后謂

舒以大山入之成仁取義自居彼亂世節宗不如此也

之忠故易曰王臣蹇=終無尤也婦人貞吉從一而
終也妾每見先有俛首以事賊者 河間美人 有踰墻
以相從者 臨邛少婦 此皆無耻之耻無耻矣文山先
生曰 大文山 孔曰成仁孟曰取義惟其義在所以仁
至故妾必無偷生之理也詩曰哀=父母生我劬勞
則知父母之恩不可不報礼曰婦事舅姑如事父母
則知舅姑之德不可不酬妾十五而笄十六而嫁顒
望永偕乎琴瑟詎意禍起于蕭墻城狐社鼠之為妖
封豕長蛇之作孽霆驅電逐膺戰心驚開水面之兜
央斷巫山之雲雨嗚呼秋日凄=百卉俱腓乱離瘼

椿點以字亘活乎媒人之道之一而終矣

矣吳其適歸徒望白雲而長嘆觀春樹以遐思安能高舉遠逝以效翰音之登天歟妾每自念曰詩人以深厲淺揭刺淫奔以無別無義㦲夫婦要學三貞須拚一死寧粲身于珠玭敢庸志于兎全故手棘荊叢中魂升冥降香羅帕下玉碎花飛皆所以扶持綱常而愧后世爲臣之不忠爲婦之不節者也書不盡言惟希鑒照鑒冢大慟同𥁞田訪其故處不過喬林翁翳而華屋美人果安在哉以

二卷終

新鐫全像評釋古今清談萬選卷之三

金陵　周近泉　繡梓

目録三卷

物彙精凝上

凡一十八條

正直
正氣漫漫應有鬼神知佑護

名臣
英風凜凜更無妖孽不消磨

果少師必居久無人居之室無英氣乎抑有所憑藉而然乎

公署妖狐

鈞州馬少師鼎文未當弘治間官御史按部外省麗邑本院為妖狐所據久無人居馬臨縣必欲居之官吏率以前事進諫馬不聽毅然啓鑰居其間暮獨坐室中以巨觥自酌觥爵也以角為之因謾與一律詩曰淹淹羈病已經年極目西風望楚天不任風光欺鬢髮獨憐秋色換山川功名寂寞浮雲外世事支離漢水邊憶昔故人相話別有思非宵雨過涓潸然、吟餘再酌略無難色監吏皆惴惴然躋屏後寂不敢聲息焉坐久酒微酣旋遶室前後

馬舉斝酌酒授恠而恠接飲遂至數次馬乃屹然不動此所謂心有主則能不動矣

燈燭中見一屏圖繪老松樹狀奇崛蒼古即揮筆對燭光題之曰　倚空高樹冷無塵往事閑徵夢欲分翠色本宜霜後見寒聲偏向月中聞啼須想帶蒼山雨歸鶴應和紫府雲莫向東園競桃李春光還是不容君　後就室中酌飲至一鼓後陰風颯颯有物在梁惟見其口磨牙張吻大與棟並馬視之若無少須自梁下更為人形猙獰極可恠惡（猙獰鬼異也）顧馬曰公獨酌寧無消滴飲予馬取器酌授恠恠接飲數次馬屹然不動將四鼓其形漸小俄而見本形乃一老狐也馬即縛而納諸巾箱監吏言是恠久為害公既

老狐出箱受縛之言安知他日蜀府征夷之日為必驗乎

獲宜亟斃之狐在箱中泣言吾雖得罪非公一代名臣百神擁佑奚能免予之啖（啖食也）公自今祿位名壽卓冠一時特顯達中有蹉躓當蹉躓時必有奇建方得群望斯時有人以其姓名來謁者即予予言公從斯獲奇建是予所以報公也馬曰汝惟去斯地吾方釋汝余非所計也狐言謹受公教馬乃啓箱解縛縱之監吏猶以為言謂公不宜輕什狐乃復人形言予不敢肆毒者以有名臣在不不然噬若輩充腹何難公既縱予若輩復譊譊予當示若輩以舊形即跳入梁間見其狀復與前同少頃化去吏監始悔失言

劫營謀備院狐之告所以報巾箱不殺之意

時東牕欲曙馬吏吟一詩曰 宦離孤館一燈殘虫落星河欲曙天鷄唱未沉函谷月鴈聲新度灞陵烟浮生已悟莊周夢壯志仍輸祖逖鞭當道豺狼今屏跡老狐何敢任流連 天明官吏驚服惟遂絕馬後為江直所陷謫戍重慶衛俄蜀省有征夷役督兵者以馬望重中朝請與偕行至某地有人以某姓名上謁者謂馬明日師至其地夷有劫營謀宜備之為上策言已即去馬知其為院狐告諸督兵者為奇設撲伏至夜夷來俱遭挫衂馬望由是益重召還後官冢宰歷三孤果為一代名臣

内子

美女婧婚奇禍巳藏新鄭驛

得妖
妖狐震死此身重判耀州城
新鄭驛

胡媚娘設成機若狀態似可令人辛楚

新鄭狐媚

新鄭驛卒黄興偶出夜歸倦憩林下見一狐枱人髑髏戴之向月拜俄化為女子年十六七絶有姿容哭新鄭道上且哭且行興尾其後覘之（俚視也）狐不意為興所窺故作嬌態興心念曰此奇貨可居乃問曰誰氏女子敢深夜獨行乎對曰奴杭州人姓胡名媚娘父調官陝西適前村被盜父母兄弟俱死財貨一空獨奴伏草莽幸存今孤苦思死故哭耳興曰汝能安吾家乎女忍淚隨興歸至家妻見其婉順亦善視之而與紵不言其故時進士蕭裕者八閩人（閩有八

黃興令女詐蕭裕蕩產一舉而二失也

道新除耀州判官過新鄭典新鄭尹彭致和爲中書兄弟因訪之致和宿之館驛黃與供役見裕年少迭宕豪放貌且所携行李甚富乃語妻曰吾貧行脱矣計動裕數令媚娘汲水井上裕見之果書即求娶爲妾興曰官人必欲娶吾女非十倍財禮不可裕不吝傾貲成之携以抵任媚娘賦性聰明更復柔順上自太守之妻次及衆官之室各奉綠羅一端臙脂十貼事長撫幼皆得其歡心由是内外稱譽人無閒言其或賓客之來裕不及命而酒饌之類隨呼即出豐儉適得其宜暇則躬自紡績親繰蚕絲深處閨房足不

尹澹然先事知妖眾明矣乎亦習聞乎元及假此以璣利府乎

屣外閫裕有不決事輒以諮之即一一剖析曲盡其情裕自詑得内助而僚采之間益信其爲賢女婦也未幾藩府聞裕才能檄委催粮于各府媚娘語裕曰努力公門盡心王事閨闈細務妾可任之當重千金之軀以圖涓涘之報萬一耳裕首然之而别因進宿重陽宫道士尹澹然見之私語裕吏周榮曰爾官妖氣甚盛不治將有後憂榮以告裕叱之是冬回公署攝州事明春疾作醫藥罔成功周榮憶尹道士之言具白于太守守即遣請尹尹至屛人告守曰蕭府宅卷乃新鄭北門老狐精也若不去禍實叵測不測也

狐媚一也驛卒黄興遇之而得其利州判蕭裕遇之而得其災何遇同而所以遇者顧不同耶

守愕然曰蕭君内子衆所稱賢安得遽有此論哉澹然曰姑俟明日便可見乃就洲衙後堂結壇次午澹爲按劔書符立召神將俄而黑雲滃墨白雨飜盆霹靂一聲娟娘已震死閤閤矣室有垣門守率僚屬往視乃真狐也而人髑髏猶在其首各宅眷亟取其所贈物觀之其緑羅則芭蕉葉數番臙脂則桃花瓣數片出以示裕〻始釋然尹爲焚其尸而絶其祟裕疾始愈遣人于新鄭問黄興與已移居家積殷富不復爲驛卒蓋得裕聘財所致云

内助
帶綰同心端擬成家稱内子

閨怨
環遺碧玉誰知裂地化殘依
卷之三

既已慚入即當屏迹中旅詭為而有青衣之詰問儆容之出見也

洛中袁氏

廣德中有孫恪秀才者因下第遊于洛中至魏王池側見一大宅林木壯麗路人指云斯袁氏之第也恪徑往叩扉（扉戶扇也）無有應者戶側有小房簾頗潔恪謂僩客之所遂褰簾而入良久忽聞啓關者一女子光容鑒物艷麗驚人珠初滌其月華柳乍含其烟媚蘭芳灵濯玉瑩塵清恪疑主人之處子但潛窺而已女摘庭中之萱草凝思久立遂制詩曰　彼見是忘憂此看同腐草青山與白雲方展我懷抱　吟次容色慘然因褰簾見恪驚慚而入使青衣問之恪謝衝

好貨好色人情也且孫生以貧士而得巨富以鰥夫而得美妻其歆羨宛溢必有十倍于恒情者

突更陳請見意女子盛容出見之命侍婢進茶果且曰郎君既無第舍便遷囊橐于此廳院中指青衣謂恪曰小有所需但告此輩既入恪語青衣曰誰氏之子青衣曰故袁長官之子少孤（幼失怙）更無姻戚惟妾輩三五人據此第耳恪遂進媒而議婚女欣然相受遂納爲室袁氏贍足巨有金繒（帛也）而恪久貧忽車馬煥赫服玩華麗頗爲親友之疑多來詰者恪竟不語日洽豪富三四載不離洛中後遇中表兄張趂者謂恪妖氣甚盛授以寶劍歸却之女得劍寸折之若斷輕藕張聞之亦懼而不入其室淹延洛土竟十

青山高松凝睇不快老猿蓋不覺故態之復形

餘年袁氏已鞠育二子治家甚嚴不喜參雜後恪之長安謁舊友王相國縉遂薦于南康張萬頃大〻為經略判官而往袁氏每遇青山高松凝睇久之凝而視也若有不快意到瑞州袁氏曰去此半程江壖有決山寺我家舊有門徒僧惠幽居于內僧能別形骸善出塵垢倘經彼設食頗益南行之福恪曰然為辦齋蔬之具及抵寺袁氏欣然易服理鬟携二子造于僧院若熟其逕者恪頗異之遂持一碧玉環獻僧曰此院中舊物僧亦不曉及齋罷有野猿數十連臂下于高松而食于臺上後悲嘯捫蘿而躍袁氏惻然然

裂地化猿離物數之當然而亦孫恪之緣足矣

命筆題僧壁上曰　剖破恩情從此心無端變化幾湮沉不如逐伴歸山去長嘯一聲烟霞深　乃擲筆于地撫二子咽泣數聲語恪曰好住好住吾當永訣矣遂裂衣化為老猿追嘯者躍樹而去將抵深山而復反視恪乃驚慘震動魂飛神喪良久撫二子一慟乃詢于老僧　方悟此猿豢育于寺中者其碧玉環者本訶陵胡人所施久于猿頸項中恪遂惆悵艤舟數日不進竟携其二子迴棹而不復受經略判官之宦矣

舟次

借老客舟萬里風傳紅葉信

叙婚

合卺月夜一天星樣紫霞杯

淸夜月明景独佳溙宜靈生之不成寐也

拜月美人

盱眙賓明字晦之年二十餘美姿容善詩賦然而冰人滯沮紅葉沉淪尚未有室也 男以女爲室 洪武中携貲殖貨商以遨遊一日長江順流孤帆掛日乘風而輕颺數百里過三山趍留都暮泊瓜步口是夜久雨新霽微月淡淡映孤舟四聽闃然 闃靜也 益覺淸耿久之風聲撼竹木號號鳴犬聲信信而苦 信信悲號也 明不成寐舍舟披襟閑行遂吟一絶 荇帶蒲茅望欲迷白鷗來往傍人飛水邊苔石青青色明月蘆花滿釣磯 吟訖復行聞遠寺小大鼓聲淵淵不

望月而拜
拜罷而吟
妖狐銜玉
求售也

絕忽有懷復吟一律曰　生涯擾擾竟何成我欲逝
居隱姓名遠雁臨空翻夕照殘雲帶雨轉春晴花枝
入戶渾多影泉水侵堦覺有聲虛度年華不相見離
鄉懷土并閑情　吟吟再行俄見一美人望月而拜
拜罷而吟曰　拜月下高堂滿身風露凉曲欄人語
靜銀鴨自焚香咋宵拜月月似鐮今宵拜月月始弦
直須拜得月兒滿應與嫦娥得相見嫦娥孤悽妾亦
孤姿羅凉影墮冰壺年年空習羽衣曲不省三更再
遇無　明見其貌喜不自禁平聲　更謂暮夜無知者
遂趍前而問之曰娘子何為而拜月乎美人從容笑

寶生美人褻婚礼于舟内不待父母之命不由媒妁之言之謂也

而言曰欲得佳偕拜祝月老耳（月老主姻牘者）明曰娘子所願何如佳偕美人曰得君足矣明曰世之姻緣有難遇而易合者今宵是也請偕至予舟而合巹焉美人無難色欣然從之携手登舟相與對月而酌既而與生交會極盡歡娛翌日促舟還盱眙明以美人見于父母宗族紿曰娶于瓜步甚鉅氏者（氏族也）美人入寶門勤紡績調饋餉舅姑曰孝宗族曰睦妯娌曰義隣里婢侍曰和曰恕上下内外翕然稱得賢内助焉時嗣天師張真人朝京道之盱眙指寶氏之宅曰此間有妖氣當往除之衆聞駭異不甚信先是

美人見天師不克趨避竟成刀下之悕亦邪不勝正也

美人泣謂明曰三日后大難已迫妾其死矣明驚問其故美人蔽而不言惟曰君無忘妾此情即死九泉猶含笑也計四日後而天師倏至伏劔登門观者如市美人錯愕失措將欲趨避之天師叱曰妖狐復安往美人遂俯伏于地泣吟一律曰　一自當年假虎威山中百獸莫能欺聽冰肅肅玄冬渡走野茫茫黑夜逐千歲变時成美女五更啼處學嬰兒方今聖主無為治九尾呈祥定有期　天師揮劔斬之乃一狐耳明禮謝之

先貧
古廟訴貧范叔妻凉聽夜雨

後富
東墻致富陶朱嬉笑樂春風

雷生先貧後富命也宿廟欲死而得致珠至金錢之歸還也亦命也由人乎哉

東墻遇寳

成化辛卯永平府雷生名起蟄早失怙恃父母也從事儒業坐寒毡操彤管足不履户外生殖無資日久家益窘迫將杜門自守如此身之餒何將仰面告人如此心之愧何乃至不能存活城西有一古廟往往妖魅出入至廟投宿者骸肢無自而覓遠近憚之而愛身君子未嘗一失足于其地起蟄自恨艱苦惟求所以速斃乃夜宿于廟因禱祝于神之前曰起蟄城中居民也艸茅賤士一芥儒生冬一裘夏一葛未嘗有望外之求渴則飲飢則食安敢有出位之想奈何

大抵貧之累人卽哲傑英俊無能自脫從古已然不特今世

命途多舛貧屢弗堪甑生塵而欲破釜遊魚而將空
冬則煖矣而兒之號寒者如常年則豐矣而妻之啼
飢者若故乞垂日月之明指示可生之路則起蟄舉
甚如其終身困乏之窮早歸于九原目猶先自瞑也祝
罷泪覺潸潸更復自吟曰　昔云遺壽者稽謀無自
天如何鮐背者徒抱犬羊年賈生洛陽少叔度瀛堂
賢高風洒六合古今無間言荊山產奇璞不惜屢獻
之苟懷刖足憂至室橫路岐　卞和事　如何南陽卧詎
吟粲父餘終然致三顧可使大名垂　諸葛孔明　吟
訖伏于神案下心既憤惋体復箕踞鬱鬱不克成寐

琢玉金鐵四詩亦各自道而已

但見有四人從外來一人黃袍幞頭一人白袍紅巾一人紫袍革帶一人素服道巾黃袍者入廟疑有生人氣紫袍者亟止之曰吾主人在勿多言素衣人首倡曰某請先吟一律若輩毋隱詩曰　數顆圓明寶氣祥鮫人捧出貴非常若非老蚌胎中產應是驪龍頷下藏粲〻媚淵朝吐采煌〻照乘夜生光還歸合浦無求索廡案存心效孟嘗　白衣人吟曰　名為至寶德溫然無玷無瑕素質堅荊石鑿時輝映日藍田種處煖生烟連城價重求無匹韞匵深藏已有年尤憶楚人曾泣獻遭刑刖足竟堪憐　紫袍人吟曰

至東牆之沒而起釁發之財始有所主矣

麗水生來色燦然雙南價重世相傳沙中揀出形何異爐內鎔成質愈堅孟子受時因被戒燕王置處為招賢埋兒郭巨天應賜青簡留名幾萬年　黃袍人吟曰　方圓製出可通神不似黃金不似銀自古貿錢名學士只今白水號真人方兄積聚堪為富毋子收藏不患貧若使如泉流徧地普天之下足吾民

吟畢四人偕行至東牆而沒起釁之得珠數斛玉數匣金百錠錢一窖後至富甲郡邑至今人稱頌之云

移
遊客汀洲細草謾從春裡綠

樓閣

美人樓閣閑花偏向雨中紅

阮生富矣而性嗜遊衍玩樂亦得古賢翁之意與

古塚奇珍

静江有阮姓名文椎者家積饒裕性恢廓躭嗜山水佳趣紹定己丑秋庄舍當畄租課時阮生乘機畄遊賞之樂乃携一二蒼頭棹一葉小舡舟之小者沿水濵而輕棹鼕時則白蘋紅蓼敗芰殘荷晴嵐聳翠籠雲遠樹含青掛日聽鳴禽觀躍鯉凡景屬意會罔不収賞停衍飄颺舟至七里湾不覺天色已暝矣四顧寂無人居俄而前有樓閣作嵓歸然狀即命僕移舟近之舟甫艤定忽聞樓上啞然有聲生竊視之乃三美人倚闌顰笑生一見不能定情遂于舟中朗声吟曰

羞惡之心人皆有之美人自敘之言近之矣

愁倚溪樓望還因見月明月明如有約偏照别離情

美人聞之樓上吟曰　細草春來緑閑花雨后紅思君不能見惆悵畫樓東　生愈添悒怏惜不能效馮虚之御風也已而美人以紅絨繩墜于舟中生乃攀援而上美人笑曰郎君将為梁上君子乎生笑曰将効昔人之折齒也　謝鯤事　遂諧衾枕歡笑周且復始情覺倍濃一美人曰守媒妁之六禮而許字者人之道也保太和之元氣而待時者物之情也妾輩非山鷄野鶩之能馴　順習也　路柳墻花之可折蓋因時感興物既能然覩景傷情人奚免此故寧違三尺之

阮生放逸
三渠化妖
苟合共笑
[illegible]

法以恣六慾之私君倘不嫌噬膚之易合而守金梶之至堅毋鄙綏〻之態得遂源〻而來之情則委輩夕死可矣一美人曰窈窕淑女君子好逑今日之樂是矣可無詩乎僉謂諾〻美人乃先吟曰　嶧陽才古量南金制作陰陽用意深灵籟一天孤鶴唳寒濤千頃老龍吟奏揚淳厚羲農俗蕩滌邪淫鄭衛音慨想子期歸去后無人能識伯牙心　一美人吟曰雲和一曲古今留五十絃中逸思稠流水清泠湘浦晚悲風瀟瑟洞庭秋鸞聞瑞鶴沖霄舞靜聽嘉魚出澗遊曾記湘灵終二句若人科第占鰲頭　末後一

始而得樓閣美人之綢繆繼而得琴瑟琵琶之重價阮生之遇不幸之幸者也

美人吟曰　龍首雲頭巧制成螳螂為樣抱輕清玉纖忽綴一声响銀漢驚傳萬籟鳴似訴昭君來虜塞如言都尉憶神京征人歸思頻聞處思去声暗恨齒愁歎〻生　未幾夜色將闌晨光欲散美人急挾生起曰郎君速行毋令外人覺也生倉皇歸舟命僕整頓裝束思為留久計忽回首一望樓閣美人杳無存美生大驚駭乃即其處訪之但見一古塚纍然傍有穴隙為狐兎門戶見內有琴瑟琵琶取歸而貨之得重價

良晤

書館初逢春日野花嬌滴滴

成空
金陵再晤秋風荒草恨悠悠
卷之三

叙事處先點樂琹書下面便有張本

窗前琴怪

鄧州金生名鶴雲美風調樂琹書為時輩所稱許洪熙間薄遊秀州館于富家其卧室貼近招提寺寺名隔墻每有歌聲乍遠乍近或高或低初聞疑之自後夜復如是遂不為意一夕月明風細又静更深不覺歌聲起自窗外窺之則一女子約年十七八風鬟露鬢綽約多姿料是主家妾媵私出者不敢啓戶側耳聽其歌曰　音音音你負心你真負心孤負我到如今記得當時低〻唱淺〻斟一曲值十金如今寂寞古墻陰秋風荒草白雲深斷橋流水何處尋凄〻切

夫豐腴倚而後占文行並有抱衾裯以期薦枕席者

〻冷〻清〻教奴怎禁　女子歌竟啟戶言曰聞君倜儻秀才故冒禁以相就今乃效古人閉戶不納若耶魯男子金生聞言不能自抑繞落戶女子已擁至欄前矣金生曰如此良夜更會佳人柰何燭滅樽虛不能為一款曲也女子曰得抱衾裯以薦枕席期在歲月何必泥乎今宵況醉翁之意不在酒乎乃解衣共入帳中極盡繾綣之樂迨隔窗鷄唱隣寺鐘鳴女子攬衣起曰妾歸矣金生囑者再女子曰弗多言管不教郎獨宿遂悄〻而去次夜金生具酒肴以待女子果逸遲而來相與並酌酣暢女子仍歌昨夕之詞

自稱曹刺史女得仙術游洞天而遭謫降亦怪消之奇跡

金生曰對新人不宜歌舊曲逢樂地詎可道憂情因賡前韻而歌之曰

音音知有心知伊有心勾引我到于今最堪斯夕窓前偶花下斟一笑勝千金俄然雲雨美春陰玉山齊倒絳帷深須知此樂更何尋來絕月白去會風清興益難禁持也

女子聞歌起而謝曰君真轉舊為新翻憂為樂也彼此歡情貴濃于昨自是無夕不會荏苒半載鮮有知者忽一夕女子至而泣下金慰問之女子曰妾本曹刺史之女幸得仙術優游洞天但凡心未除遭此謫降感君夙契久奉歡娛今宵數已盡矣然君前程遠大金陵之會

金陵後會泰山酒且相從是可見人有定數勝可先知矣

山之從殆有日耳幸惟善保生亦不勝悽愴至四鼓贈女子以金別去未幾不久大雨翻盆霹靂一聲窗外古墻悉震傾矣金生神魂飄蕩明日遂不復留此二年後富築墻于基下掘一石匣獲琹與金竟莫曉其故時聞金生宰金陵念其好琹使人携獻金生見琹光彩奪目知非凡材欣然受之置于石床遠而望之則前女子就而撫之則依然琹也方悟女子為琹精且驚且喜後遷兗州金生得重疾臨終命家人以琹從葬秀州之言驗矣

廢宅
廢宅居身尋尺愧無朝夕計

燈妖

燈妖湍眼豪光高射斗牛墟

月下燈妖

易州梁生名棟字大材家世業儒無能營逐玉粒桂薪屢告空乏昔人謂三旬九食瓶無積儲者迨之矣且所居竹籬草舍漏日穿星不蔽風雨棟不獲已得里中一廢宅而暫居焉然其志在魁大廷多士故案頭墳典披閱靡寧即寒暑亦罔或間去声昔人謂磨穿鐵硯者迨之矣至于貧迫終置之勿問尔也一日獨坐將夜分體微倦乃自吟一詩曰 獨坐鷄窗燈半簾照開心曲萬般愁愧無升斗供朝夕空有螢光射斗牛明月五湖留度外青雲萬里掛心頭 撇天揭

韓敬木即
檠燈也
竹明籠即
籠字亦灯
也書當用光
則書灯脩
以明則佛
灯漁元亮
則漁灯至
蜀火炬乃
一燭字亦

迆男兒事何必區區萬戶侯　忽有六人繞屋後大
至各持一燈明朗若晝問狀棟驚問之曰公等何自
而夜深至此乎六人揖曰予輩本比屋人也聞有青
雲客在鋭志功苦故特貢燈燭以備繼日之資耳夜
以繼日　棟揖謝而坐乃徐徐曰僕中饋無主者茗供
廢矣公等勿讓何如六人笑曰清話已足何至外慮
一人曰文士前毋褻語請各賦一詩可乎韓敬木先
吟曰　韓公八尺太高強二尺相覩便且光不避膏
油從潤澤每承灯火自熒煌用來提挈明時出舍則
抛離暗處藏富貴他年應不棄綺筵移上照壺觴

莫非灯也凡此皆拆字命名之意人所易曉者

竹明龍吟曰　空虛圓薄更輕清信是良工巧結成外面千窓雖障隔中心一點自光明月華寒映白雲母霞彩煖含紅水晶幾度王樓春宴罷照歸紫陌夜三更　書用光吟曰　窓下銀釭一尺長終朝伴我習文章煌煌照徹千行字行音杭爍爍燒來一寸長焰吐每因篝夜雨花開不為媚春陽當年映雪囊螢者好結芳林過孔堂　僧以明吟曰　一點長明古佛前況況緋雨夜如年紅光吐滿琉璃碗絳焰開成菡萏蓮爍破冥途宜進步照開法界好參禪老僧坐對更闌後誦遍楞伽尚烱然　燄元亮吟曰　一點松

梁生始若貧寒寄跡殿宅而厥后進士及第信乎貧賤憂戚庸玉汝于成也

宵夜似年紅光映水〻如天幾番晴雨經嚴瀨長臯寒烟過渭川波底照殘紅鯉躍汊邊驚起白鷗眠孤舟有客推篷玩疑是流星燦爛然　蜀火炬吟曰

崖蠟融成一片銀數枝澆出最圓勻淚流滴〻如愁夜花結煌〻不待春哭徹綺筵堪酒客相親瓊館讀書人唐朝聖主多嘉惠尤把金蓮賜近臣　未幾鐘殘古寺声傳萬井簫籠雞唱山村驚散一天星斗各散去不知所之後棟學日益德日進盛舉進士遂及第焉

燈前

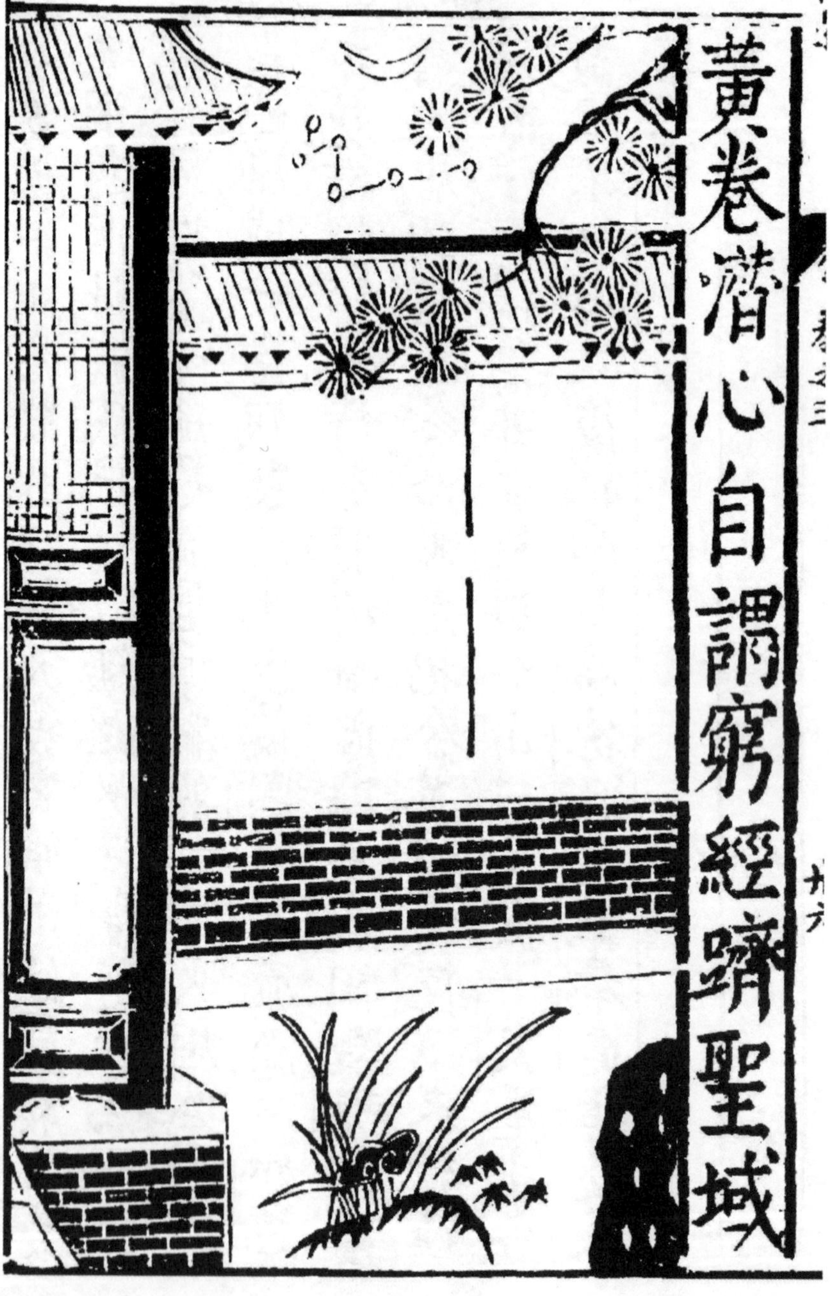

讖議
青衫悞我豈知遺讖在燈妖

燈妖夜話問矣今復録之者何蓋其議論光潤詞調汗洋足以醉灑功名者之惑足以振貪富貴者之魄亦詞林之不可廢者選及之

燈神夜話

嘉興張翼都。字南翔。簞瓢晏如。篤學好古。博極群家言。泼儼諸子　雖負兕天下志。而時恒不逮。至元炼。方夜讀書。忽燈花一穗。飛落書間。張急拂去。再三復至。若燭蛾之投焰者。張自念曰。是矣是矣。爾之與我相助有年。今不得一展文光。而猶羈身齋館。寒宵冷落中。心灰者幾矣。無怪其有是也。吾當作詩謝之。何勞激我為耶。遂作詩云。　一點長明意獨親。幾年伴我夜論文。寒窗細焰和烟展。破壁香膏帶雨焚。揭罷殘編神獨對。乞將新火手先分。時來光彩成消漫。争若三律亦近昧非泛泛苟作者。

隨漁泛水雲。二曰　半世相知不厭貪。寒幃爍爍引孤吟。占花浪卉無真意。戀主空憐有熱心。一味虀鹽燒已徹。幾宵鐘鼓聽殊深。清光猶可資勤讀。何必勞勞鑿壁尋。三曰　照斂鳴琴亂拂屏。儒家風味未爾知。真梅窓悶爍雨初歇。竹戶微茫月正新。學薄未酬吹杖老。時窮當感聚螢人。可憐懶伴笙歌席。只戀呀唔聲裏春。三律既成。将敲四韻。神思頻倦。方欲假枕于肱。曲肱寄夢于蝶。夢蝶忽一女子從燈後展出。綽約多姿。為像恍惚。張起而叱曰。何方妖孽。敢唐突君子乎。美人啓首答曰。妾與君有故。已非一夕之

十八

功名兩字傳之首句冶蕩不得者如發矣誤人多矣極妖之言雖遇掛弗有人敢與

雅。今君苦吟榮及鄙拙。故來側聽。何訝之深也。張湲謂曰。吾居僻寂。性復疎慵。判識無因。胡得妄言。行詐美人撫掌笑曰。君忘之乎。親昵日久。而一旦自諱。誠亦異矣。張倉皇不能憶。姑應曰。既爾。子知我何為者。美人顰蹙而言曰。跪足人跪也噫吁嗟哉。熟君之行久矣。今言若此。似以所執自誇。豈知功名兩字魔人魅耶。君之業。君之累也。於我何多。張益念惑。竊念空齋中。且當暮夜。有此美人。必祟也。陰挾利劍以俟。且謂之曰。請詳其寔可乎。果當理則爾。否。將有說。美人從容言曰。今之操瓢之士。孰不欲梯雲霄。紆青紫哉。但

朱晦翁曰為學以治生為先然一心以治生又一心以為學未免作難六藝安能揣揩摘思吐水雲花月之句乎

其文衡在有司。窮達由人命。所以壯年勤苦迨老無成者恒多。求其朱衣睛點。朱衣點頭 于百中能幾人也。我嘗習見誤儒冠者。懸鶉敝屐。席戶繩牀。食不嘗飽。衣不勝冬。仰無所給。俯莫能周。嗟怨啼號之聲。牽心逼耳。舍之無所事。安之難以自存。進退不能志力俱困。英雄束手。告乞無門。古人謂飢來一字不堪煮。可哀也已。一段 閒有寄食富貴。教授生徒者。書館如囚。無繩自鎖。仰主人之意以為屈伸。揣弟子之情以行喜怒。勤惰關心。出入難便。成矣則父當其榮。廢矣則師任其咎。至若炎天早起。雪案無眠。小帳棲神。

蔡鄖上君子許録遺名一伏冤淵身報之京今人報愁

寒燈吊影。鳥啼花落。徒增萬斛之愁。水綠山青。誰遣一林之興。家園萬里。僅憑夢寐以相通。風雨半窗。徒爾吁嗟而自惜。勞苦淒涼。心嘗身歷。嗚呼。此雖重有所得。猶不足以自償。而況館祿有常。卒難以供家給之費。古人謂滿腹文章不療貧。可哀也已。一段 又有年富學優。選列上等者。大言侈服。傲貌輕人。獵譽射名。奇才自負。奈何棘闈屢厄。荐外孫山。黜額年還。伴人登第。由是時焉漸失。事焉漸敗。志衰氣阻。故態盡消。一旦寒暑且迫其肌膚。衣食又撓其念慮。伶仃淹蹇。愁病交侵。傴僂作則碍乎衣冠。盜賊則奪乎廉恥。壯

（余生許生馮生皆張同時人也故灯然引之以為証惜其名不傳）

心磨滅。風望成空。（風望臣昔時者）此時識笑任人。途窮身老。日將待瘠溝中。古人謂富貴不來年少去。悲夫。一段

君又不見余生乎。美少年也。父性偏愛。課督甚嚴。晝夜勤劬。致成癆瘵。學未竟而先亡。悔悼無及。君又不見許生乎。力學人也。家儲負屢。玉粒桂薪。每告空乏。（空去聲）書札充几。何救飢寒。其當艱迫無措時。則與妻子向隅對泣。以致憂忿攢心。抱鬱而死。遺孤及寡。至今凍餒無依。君又不見馮生乎。富家子也。因文師歲校。名第失意。掩淚頓足。嘔血數口。歸家日吐不止。巫醫滿堂。百計罔效。病亟之夕。耻平日筆硯

此一段論功成名就行之害蓋極言儒之不足恃也如此

石江講孟曰儒入不足恃

文章悉焚于前召其子指示曰此奪命物也汝其慎之言訖而逝之三子者未足死也而儒卒死之君業類三子妄將謂君虞之不暇君足誇耶不惟是又有功成名就挽銅章立當路赫赫然逖三子外累矣謂可以榮矣一旦有忤君者則死于朝有犯事者則死于獄有冐風霜涉險害者則死于官此其死時豈愛身不若三子耶求為田舍翁不可得耳是赫赫與陸沉同也儒又可恃耶故與其執筆而飢寒孰若操鉏而飽煖與其明經而取禍孰若就藝而遺安况人以百年為期七十則古稀矣今君春秋過半機會且未

一篇快論客發百世之龍雨弾丸矣若是業者豈當為之酸鼻痛心

逢。寒毡。猶。縱有所遇。妾恐此身不能有待矣。嗚呼。悲哉。以有窮之歲月。博難望之功名。以不足之精神。易未來之富貴。竊為君不取也。且功名富貴。傀儡一場過眼成空。徒令人老。試觀今日丘中之骨。俱是當年鬪智之人。君試思之。何不自愛而自苦耶。張聽訖大怒曰。丈夫家反為妖女子所數。密揮劔砍之。美人應手連燈傾滅。呼童秉燭而進。但見几上之燈斬為兩截矣。張因悟曰。此燈祖父所傳。幾二百年。物久能化固如此夫。因偹記之。

筆妖
夜靜聯詩未若江淹吟得彩

落帽
天明落帽何如李白夢生花

摹寫屈生為人之大略如剝昇之着

筆怪長吟

沅州屈生諱復伸林居無營經營也自惟丈夫所樹立亦善詞賦暇時每引曲自適上而慕古下不肖俗高竹林之賢而醜其放竹林七賢懷三閭之忠而過其沈屈原也智鴟夷之逝而迂其富范蠡也遇景物會意輙命酒自歌酒不盡量歌不盡調倦則偃卧之不為夢厭苦俗途盛獨無與江湖乘興漲則不舟雅好雲嶠苔滑磴危鮮不緩却殆孤介士也而名亦稱重一日家居秉燭閑坐忽蒼頭持報曰門外有毛中書來訪復伸命蒼頭引進及至見其人一老叟其帽

歷敘筆之顛末亦顯著甚矣此屈生知之也

員且長而身則青衣素ゝ耳復伸與之揖遜而坐後啓之曰敢問老丈尊姓叟曰予姓毛諱元穎中書其官銜也因子有斯文之雅故暮夜所不辭而相訪切念吾祖昔仕秦始皇封中書與蒙將軍極厚 蒙恬始造筆 迨至吴與陸穎其道大行 陸穎製筆極佳 其他賢人君子往ゝ愛重如江淹之得彩李白之夢花 夢筆生花 又皆吾族之盛傳也乃吟一律云 銛鋒如劍付儒家象管霜毫制作佳紫玉池中涵霧雨白銀箋上走龍蛇江淹喜見吟邊彩李白祥開夢裡花曲藝誰云無大補九重金闕草黃麻復伸聰悟知其為

田家樂凡四首誦之儼有古風況他首隅之埈矣

筆怪也蔽而不言紿之曰一介寒儒過遂蒙垂顧聆君言論殆非凡人再有佳章復求一誦惟不吝見寵叟況思良久乃徐言曰予賦田家樂與四首請君聽之乃爲朗誦其一曰東　風扇微和百草萋以緑林間鶬鶊鳴正尔春景煥田夫喜春到相率殖佳穀時雨夜來過平声新苗青簇〻老翁負薪囬稚子飯黃犢幸逢官府閑近日少徭役努力事耕耘毋爲饑寒谷毋音無　其二云　步履出東谷南風溪午時偶來松樹下竚立澹忘機野老見我至情親與依〻桑蚕已熟麥深雉初飛俯仰玩物理逍遙詠而歸寄謝

筆文房一物也亦能成怪大抵物〻則化理同然耳

王良子虛名徒爾為　其三云　田家無秋所願嘗一飽今歲幸小豐處〻熟禾稻租賦輸官倉里胥夜不到張筵會賓朋鷄黍穙梨棗〻相對陶一觴頹然玉山倒　其四云　茆簷冬日晴懷抱良不惡柴門晝始開鷄犬散籬落今朝無客至婦〻子相聚樂床頭熟新酒聊復斟〻共酌高歌亦自慰焉知死溝壑　不覺斜月西沉殘星錯落而東方之曙色已微茫矣彼此別復伸即其后以石投之叟失声而走落其一帽就視之乃筆帽也

掃蕩

束髮頂冠已息凡心歸道教

妖魔

挺身伏劍全憑英氣掃妖魔

此首段鋪叙華陽觀之制作甚豪其奢侈也矣

四妖現世

保定有華陽觀中殿巍立前以重門後以層堂左右各翼以五柱三室其殿北戸來陰風徂暑防矣南甍納陽日冬宛九日煦祁寒虞矣木既已也不加丹墻圬已也不加白碱階用石暴牕用紙竹簾殿上素屏木榻經卷卒稱備其外脩竹森然以高喬木蓊然以深翁然稱大觀也但其簷棟錯褋室多空虛相傳夜有妖魅人不敢往時有一道士名熊飛有胆畧且習閑符咒一夕毅然謂人不敢往我獨往乃持劍伏于側室窺之昏黃間無踪跡甫更盡忽見一人黃衣三足跳

四物自叙
姓名皆將
字寓意

舜外來自稱盧以火後三人繼至曰金竟之石子見黑道士皆長尺餘狀貌各辨理四人相見環坐笑語自若中一人作悄然不悅狀貌衆慰問之答曰吾輩將出為世用不免淪落他人之手是故不悅衆復問其決于何時答以斷在明日獨盧以火曰出處有時脩短有數何必鬱〻先多為之慮耶乃自吟曰　丁諼制作不知年古惟清奇世共傳範數列來三尺短山形卓起一峰圓紅添寶鴨心中火清噴金獅口內烟數縷遊絲飛不到晨昏常在玉堂前　金竟之吟曰　軒后紅爐舊鑄成工夫磨洗色澄清鑑形易見

黒道士七言古風洒脫勝前篇作

妍媸面貌難知善惡情宝匣開時蟾窟瑩瑤臺掛處月輪明佳人垂把朱顔整騷客驚看白髮生　石子見吟曰　鍊得南溪石骨堅蟾蜍新樣費雕鐫馬肝潤帶滄溟水鴝眼清涵碧澗泉金殿貴妃曾捧侍玉堂學士昔磨穿儒生相近為隣久永作文房至宝傳　黒道士深賛其妙遂作七言古風曰　徂徠斷碎青松骨竹屋撐烟香馥馥道人曉起探牀頭掃得玄霜二三斛空山鉄杵声相鳴月煖風和擣應熟忽看滿案走蛟龍疑有虹光射人目文童髙士才且賢寶我擬重黄金錢韞匱既久無長嘆韜光長日真堪

東墻四器發掘之后則明日出而為世用之言信矣

憐我甦無能將柰此鎮日文房浸池水循端草檄居上何人辭後濡毫竟誰氏有時窗下試一磨淋漓雲霧蕩江波與來枝戰老　抹稍頭隸與科恨無山陰九萬紙練裙多年不堪洗呼童掃壁且題詩苔色滿墻秋正雨　吟罷焆然共笑不知東方之已白矣見天明于是相率而散沒于東墻下熊飛識其處翌日令人發掘之下土僅ゝ二尺許得古銅秀爐一告青銅鏡一端溪硯一松溪墨一而硯中物無亦不復有焉

夜遊

昏黑荒郊鶴唳風聲添寂寞

三老

蒼黄老叟月明星朗共吟哦

詩律中有弔淮陰亭句

三老奇逢

郅州項生名奇幼穎異既長就外傳知勤敏長詞賦常同友人遊俠于淮陰韓侯祠信也一友人謂奇曰子素善詩盍賦一律以覌志奇不苦思索揮筆而題其壁間云

英雄遺像儼千秋廟貌蕭涼古木幽伏劍曾驅秦氏鹿論功豈在漢庭侯春深芳草淒仍遍日落長淮咽不流往事悠〻何足問青天怨血到今愁

諸友人嘖〻嘆服　一日訪故謂邵蕭二人也出近郊回至中道已暮是時淡月微明颯〻風動草木成響十里餘蕩無人居止煙霧樓神荊棘亂目奇方籌詩思無

三叟吟詠次自叙其出処

暮第忽見三老嬉笑而來形狀各別迎耆于道揖而謂之曰子來何暮耆應之曰訪友故也三老乃與耆共班荊而坐一老曰如此良夜更得髙朋無以為樂音洛請各賦一詩可乎僉然之于是一叟先吟曰

何年天匠鑄蒼虬流落人間不計秋破虜必歸良將手致君先斬佞臣頭寒光出匣明霜雪紫氣冲天射斗牛今日太平無用處請君携向五陵遊五陵地名

又一叟吟曰

燕角麟膠楚木堅国家惟用助兵權箭頭飛處如星急弦勢開來似月圓虎隊驚回胡塞上烏號墜落鼎湖邊而今白手閑騘馬髙卧扶桑

項生燕歌行亦效贊三叟而云然

老樹頓。又一叟吟曰　皇壽高張晝戟中營開八陣總元戎勢翻鵰鶚飛秋塞影動龍蛇捲朔風千里指揮兵隊肅一時撐拽將心雄（將去声）太平收斂渾無用胡羯于今掃地空　奇深喜之叟曰予三人拙益甚不工詩久矣願聞子之教何如奇乃作燕歌行一闋因以贊三叟云　黃榆白葦連塞北眼底穹廬皆虜賊屯空殺氣連雲飛壯士相看失顏色元戎奉詔玉門關錦帳牙旗壘陣間獨把一麾專節鉞儔能三箭定天山單于生長樂遼土逸帳牛羊牧秋雨關中聚嘈粱州詞醉後起為胡旋舞魚龍川頭古樹淋

此戰塲中尸横徧野殺氣漫漫无怪乎三器之成妖魅也

紇于山前飛鳥豨紫髯胡兒眼雙碧大腹匈奴腰十圍徐君遠戍邊廷久況復東海簪纓後伐敵能詣虎豹韜次功應位麒麟首序功臣於麒麟殿憤時氣節人不知唾手功名今未有秋清長劍倚南天夜半孤城臨北斗莫言白眼衆紛紛佇看高垂竹帛勲君不見鄭侯知國士登壇終拜大將軍　已而天漸明矣三叟相顧錯愕散去奇尾其后見其沒于泥中令人掘之得宝劍一口雕弓一張旌旗已朽腐者及詢父老乃古戰塲也

廢寺棲身且喜一燈堪作主

成妖

閑吟聒耳何當六器反成妖

以僧人入古寺中宜也但其過六器之妖則出于意想之外矣

禪関六器

正德初信州僧人龎履仁出外暮歸抵中途而雨急見一古寺委身投之至則蒿艾滿目無一人跡乃廢寺也惟中堂獨巋然一佛像金身奕〻佛前一燈微有明履仁不得已憩于其中假寐待旦是時月散晴輝星環斗次陰風颯〻冷氣覺之襲人履仁不自安因口占律詩曰　荒蕪古寺遶滄波石磴盤空鳥道過平聲百丈金身開翠壁一龕燈焰隔烟蘿雲生客到侵衣濕花落僧禪覆地多不與同袍相結社下歸塵世竟如何　須之更不見一人黃衣烏帽一足叫

六詩不佳但就題各敘其實而已

跳而來履仁懼將欲避之其一人曰勿恐吾共子一家也今夕雨故為子作伴言未已又五人攜手而來一人縷衣而身方一人玄衣而身細一人細腰而上下方員一人方体而周匝濶大最後一老白衣翩翩揖遜而坐各敘情貺因共論詩黃衣烏帽人吟曰

竹作胚胎紙作衣不憂風雨洒淋漓伴行有影隨千里舒卷無期任四時輪濶當頭從庇覆柄長入手貴扶持聲寒碎玉芭蕉響此景此情知未知

縷衣身方人吟曰

珠箔銀鉤係彩繩玲瓏瑩潔四時清涵堂高捲琉璃滑朱戶低垂翡翠輕晝永涼通風陣細

昔費長房擲杖于葛陂化龍而去故詩云云

夜深晴漏月華明昔聞賈氏竊韓椽千載人間尚有名　玄衣身細人吟曰　採得蓬萊九節藤尋常優老任隨行鳩頭削出過眉巧鶴膝携來入手輕挑月尋僧歸野寺攜雲採藥入山城勸君莫向陂間擲會見蒼龍變化成　細腰人吟曰　虎卧蛟横架象床閒愁不到黑甜鄉形彎曉月珊瑚潤骨冷秋雲琥珀香圓木警來宵不寐黄粱熟處晝何長十洲三島須臾見一覺仙遊思渺茫思去声　方体人吟曰　蘄竹編成籍象牀渾如薤葉照人光潤涵玉枕五更雨冷沁紗厨六月霜紋蹙半泓湘水皺陰凝一片野

六器能幻變成人月下賦咏如此何体贊之仍贈情也

雲長南窗不遣炎威逼亭卧從教萬慮忘　白衣人獨後吟曰　天地為爐酷暑蒸誰將純素巧裁成蒼龍骨削霜筠勁白鶴翎裁雪楮輕摇動半輪明月展勾來兩腋好風生秋深只恐生離别争奈炎涼、不世情　偃仁聽之各々音韻不爽心疑其人則廢寺杳無人心疑其鬼則詩聯不似鬼頃待鷄漸鳴天漸曉六人亦從容散去偃仁即其團坐踪跡之但見破傘敝簾一杖一扇一枕一席舉塵埋委地者久矣偃仁大悟疾行不復回視焉

官餘

錫里迢遙親舍白雲魂夢杳

情貺

淥河清冷旅途黃草利名縣

形容書舍清幽雅麗固盡不遺矣

淥河五妖

無錫藍松字挺秀鄙小時火小時也業舉子舊有精舍僻處錫山之陽牌曰錫山精舍其處闃遠水石清幽髙巖數匣倚竹幾竿舍乃積石成基憑林起棟雜生映宇泉流遶堦月松風艸緣庭綺合日華雲實傍睨星羅流烟共霄氣而舒卷桃李樵松栢以蔥蒨松讀書其間未得而憤有得而嬉亹亹不自知倦總學遂成且以博古著及仕歷官籍田令時萱堂八十余松謂親不能事何急君爲即致政南還舟次淥河八月一日也因吟一律云　八月移舟出淥河客行又

倚牕觀而閑眺詎意有五人之往而偶見乎

是半年過乎舜宦情在我薄于水時序催人急似
鴈鷺江湖秋雨積牛羊郊野夕陽多平生雅有棄
志華髮星星奈老何　韻就倚蓬窗閑眺忽見五人
長可尺餘相聚于堤一人曰若等樂則樂矣如我之
高潔何昔在陋巷共顏生而笑浪又在箕山明許子
以遨遊　許白也　一人曰爾自論高矣能如我乎我乃
方員正直規矩準繩毫無偏曲且所典親者盡一世
之文士也一人曰爾二人誇矣乃我生于溪壑清淨
高潔制而為用利安萬民亦庶乎傳施濟衆之道矣
一人曰良賈深藏若虛君子之盛德容貌若愚何自

五言各吟一詩亦各叙本器無隱諱也

誇乃爾寧無議其後者乎一人曰當此良夜恣言自
高胡不即韻敲推尤足稱賞衆共然之一人先吟曰
　生長山林水岸頭空々拐腰幾春秋甘貧隨巷惟
顏子習隱箕山是許由旅客征途惟器用禪僧度海
作杯浮自從剖破圓形後一半乾坤我自收　一人
吟曰　良木裁成數尺長日間利用在文房壓書挺
　々一條直鎮紙楞々四角方蹈履准繩無曲意縱橫
簡冊任分行音杭墨奴也解持成律驅令鶩兵不出
疆　一人吟曰　剪取溪藤密々編周遭工巧様團
圓石牀閑展輕如砥冰櫚頻鋪軟似綿道院最宜時

五言俱久兩少若故目呈其形于松亦鮮所損也

席僧房足称夜安禪幾田獨坐忘言處一箇天君自泰然　一人吟曰　就地爲爐舊鑿成從渠風雪滿山城柴荊弊處輕烟散榾柮添時活火生蟹眼湯烹雲滿影龍牙茶煮雪盈𤮘一家老稚團欒坐誰識山居樂太平　一人吟曰　長于瓶樣巧于笙量小須知水易盈活火添時翻蟹眼清泉沸處度蠅声漱殘石齒和波碎呼徹天風竅竹鳴雪屋幾田人靜夜冷冷洗耳到三更　松細聆五詩心甚異之亟趨而視則一無所見焉

少僧
釋子與狂禪學不知空是色

失守

美人夜宿僧居何事暗藏春

始而過其前欲進問之無及繼而過其前急起視之又無及蓋欲惑之而故先難之如此

邪動火僧

景泰中浙之靈隱寺有一少年僧名湛然者性覺明敏貌復瑰瑋（俊偉狀）而所居僧房更爾幽閒僻穽一夕方暑獨坐庭中見一美女瘦不長裙行步便捷丰姿約約襲人其粧亦不多飾僧欲進問已前去矣明夜如廁又過其前急起視之則又無及他人處此又不能堪況僧乎況火年僧乎自是惶惑殊深淫情交引苦思不置越兩日又徐步于側僧急牽其衣女乃佯為懃怯之態懇之再三方與入室及叙坐僧復逼體近之漸相調謔問竟成雲雨湛然從容問其居止

自叙其家
隱處亦敗
人以埋之
所有者

詰之女曰妾乃寺隣之家父母鍾愛嫁妾之晚今有所私于人故數數潛出不意經此又移情于汝爲然當緘密其事則交可久不然彼此玷矣僧喜唯唯從命於是旦去暮來無夕不會將及期週一歲火僧不覺容躰枯瘦氣息懨然漸無生意雖同袍醫治百端罔功寺中一老僧謂曰察汝病脉勞瘵兼攻陰邪甚盛必有所致苟不明言事無濟矣湛然駭懼勉述往事衆曰是矣然此祟不除則汝恙不愈今若復來汝當伺其往而踪跡之則治術始可施也是夕女至火僧仍與交會將行欲起送女止之曰僧居廉落夜得

巧言自飾令人不知其妖此妖之所以為妖也

美人歡處是亦樂矣于願足矣何乃自惑如此湛然不能強而罷翌日告衆衆為畫計曰明夜彼來當待之如常密以一物置其首吾輩避于房外俟別時擊門為約吾輩協當追尾又期得而后止則巢可破矣火僧一一領記越二夕湛然覺神思恍惚方倚牀獨卧女乃推門復入僧與私褻益加款曲鷄鳴時女辭去僧潛以一絨花插女鬟上又戲擊其門者三衆僧聞擊門聲俱起追察但見一女冉冉而去衆乃鳴鈴誦呪執錫持兵相與趕逐直至方丈后一小室中乃滅此室傳言三代祖定化之處一季一開奉祭餘時

箒怪迷人數固當滅而少僧毋免人亦可鑒矣哉

封閉而已衆僧知女隱跡即踴躍破窻而入一無所見但西北佛厨後爍爍微光急往視之則豎一雙箒耳竹質潤滑枝束鮮瑩葢已數十年外物也方且疑惑但見絨花在柄少僧所潸插者因共信之乃持至堂前抽折一筅則水流滴地衆僧益駭異再折之亦然以至筅筅皆如之衆僧仍明燈細視筅中所滴瀝者非水類寔精也湛然見之悔悟驚惧不能自制于是悉敲焚烈揚灰于湖調少僧以良劑久之乃獲全愈焉

三二八

隣女

雲情雨意半疑春色在隣家

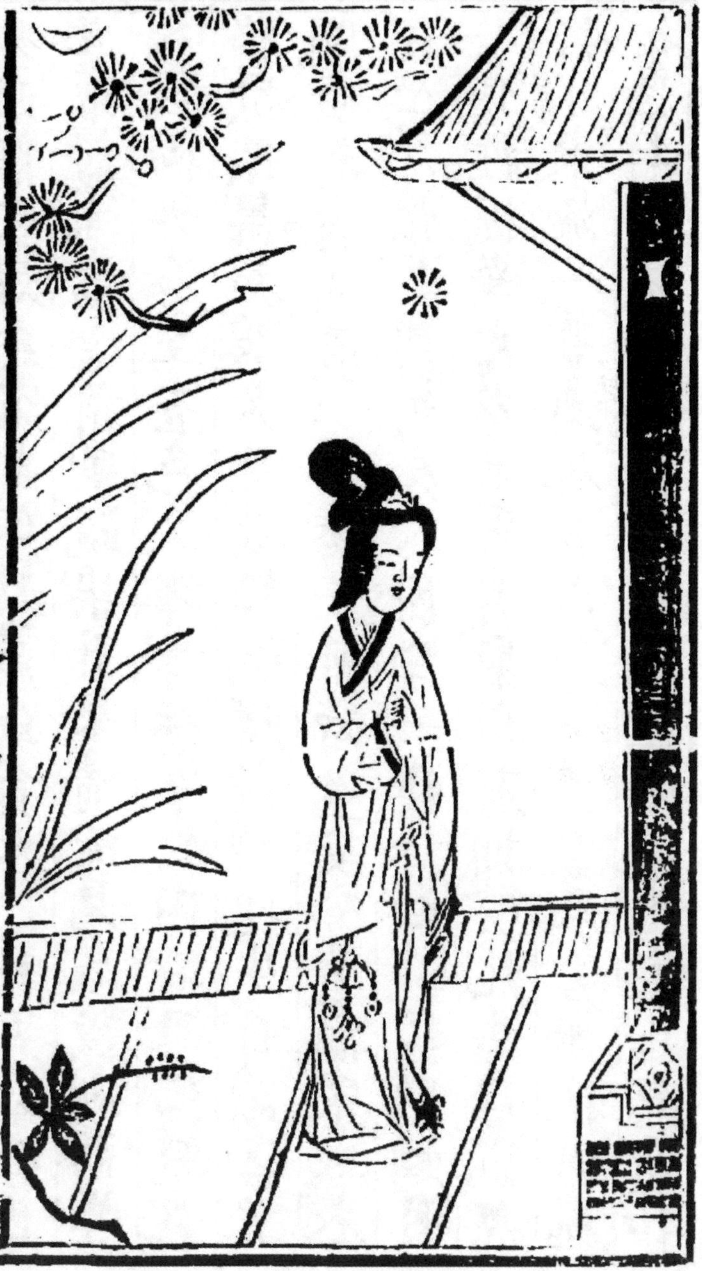

青窗讀書夜分不寐紀生亦勤學士也

怪侵儒士

黎陽儒生姓紀名綱字廷肅幼負大志稍長嗜學因葺舊廬為書舍前則疏渠引泉清流見底後則高峰入雲兩岸石壁五色交輝青林翠竹四時具備曉霧將歇猿鳥和鳴夕日欲頹沉鱗競躍紀生日讀書其間黃卷青燈亹亹忘倦一日讀至夜分覺微寒披衣獨坐忽懷吳門舊友人因吟一律詩曰 吳門烟月昔同往楓葉蘆花並客舟聚散有期雲北去浮沉無計水東流一尊酒盡青山暮千里書來碧樹秋何處相思不相見鳳城宮闕望江樓 敲推未已忽有扣

女獻一詩亦所以自叙宛襯杵也

門声啓視之乃見一女子體態輕盈面瑩寒玉笑謂綱曰妾隣家女也聞君高韻乃爾唐突冒進也意在請益也綱見之大悦與之携手而入並肩而坐女曰頃獻一詩綱曰善女誦詩曰　霜冷秋高白帝城閨中力尽恨難平西風庭院丁當響明夜樓臺斷續声搗碎鄉心愁欲結驚回客枕夢難成惟應不入笙歌耳空惱玉関無限情　綱稱賛將犯之女佯拒之曰聘則為妻奔則為妾古人之格言也妾非草木豈不知貞潔之可嘉而滛奔之可醜耶君何易視妾而犯之耶綱懇請再三女翻然改曰雲情雨意人所同然

姓石名占非砧乎坐午向樹木非杵乎女子自露徵意

妾非不欲順從第一身易喪美譽難全此妾所以寧拂君情而不敢也子是與綢就寢女復吟曰　君住竹堋口妾家桃花津來往不相識青山應笑人　已而歡足綢謂女曰三月不違仁今違仁矣女答曰三月不知肉味今知味焉綢又問以何里何氏女也女答曰妾姓石名占娘家坐午向樹木為記與君為同里人君果不棄明當訪之綢曰汝能歌乎女曰僅爾供韻綢遂以思君與別來為題命女作歌歌之女不思乃口占一歌以答歌曰　思君與別來兩見落葉黃迢迢隔千里各在天一方欲飛恨無翼欲涉川無

砧杵頑然一物也視他動植百物尤無知之甚亦能化如此愼之

梁昔者固膠漆今胡作參商一千々長安道人馬自燁

羌不念莫逆好交也虛名竟耶張南箕豈堪簸牽牛

難服箱憂來不可輟撫膺獨徬徨亮無金石心與君

永相忘　巳而鷄三唱而去聲頻皷五皷而韻急女開

之遽起披衣謂綱曰郎君珍重明當重來重平声不

待請矣綱執意留之曰只此自歷奚必去耶女怒曰

家有父母倘事露敗罪將安歸不惟有玷于妾抑且

不利于君綱不從女力奔綱以被褁而抱之久之不

動及啓視則一砧杵也

寂寥
去路迢々端為桃園親故友

村舍
歸心寂寂豈期村舍遇奇妖

一對不惟拆字停妥且取義亦周俊且聡敏処

湯嫗二娟

光州杜生諱希甫生而穎異父鍾愛之甫長為延師訓詁父嘗與其師對飲師吴姓父戲出對曰吴先生飲酒到口便吞拆字取意命希甫對希甫即應声曰謝大夫要錢抽身去討父大奇之後值花朝同父出廓遊賞見民居有揭曰此房出賣四字父命破之希甫破曰曠安宅而弗居求善價而沽諸父益驚服年十八補州庠弟子員屢見重于督學及諸名公且端行檢毫不艸率一日遠行歸暮至一村舍已昏黑不辨識將為假寢謀且四顧寥落情思淒然遂自吟一

三妖庵有惑人者先之以老嫗次之以二婦一始二

絶云　光州日晚火人行風景蒼蒼感客情村塢如寒食節野花無數生墻上　又一絶云　竹底寒泉自在流穿雲噴雪响磯頭連宵暁骨清無寐那更西窓日正秋　希甫不得已往叩其門火噴見一老嫗秉燭而出問曰官人從何來希甫曰僕光州庠生因夜欲來假宿耳嫗許諾希甫隨入至後堂分賓主坐設酒與希甫對酌希甫請其姓嫗曰老妾姓湯希甫問其子嫗曰二子早喪希甫問日用嫗曰二媳一善機織一長笑度入声聊自活耳嫗遂呼二婦出見淡粧素服国色也命坐于兩傍因奉酒且令賦詩嫗

湯媼一婦三詩各自詠其器

先自吟曰　平生渾是熱心腸曾被宮人號姓湯深夜賜溫寧用火隆冬敵冷便回陽徐娘老去情偏重夜必湯范叔親來寵不忘捧晨湯寄語山翁須愛厚莫教他日變炎涼　一婦吟曰　素手纖纖巧不停竹窗閨婦苦勞生往來不間金梭响咿軋頻聞玉軸聲孟母斷時因教子公儀燔處尚留名五花雲錦三千疋多少工夫織得成　一婦吟曰　製自軒轅黃帝時從倫裁律合其宜盈成分寸應為準不失毫厘立定規比度公平皆有則度入声較量長短自無疑古今天下知誰擬巧婦良工手每持　吟既畢湯媼

二婦強欲交會杜生直拒之而渠卒不能犯是知心之正者邪不難滅矣

擧一巨觥至希甫前曰老妾家寒日用不給蠶絲二婦頗有芳姿君如不棄隨選一人以供緑衣黄裳之用則老妾幸甚希甫乃敦厚士也固辭之曰蒙垂良念欲續此緣柰家有拙荊義難苟取是以不敢從命耳湯嫗呼二婦祝之曰勿失此郎君也二婦挽希甫強欲交會希甫正色拒之因作詩曰　方寸應難昧神明敢謂無東燭達旦看何如是丈夫　彼此介話不覺天明恍惚間竟失所在惟敗屋一椽并湯婆機杵一尺而已

平地

建業春濃眼底艷陽三月景

風波

石城夜寂耳邊洶湧一江風

旅思本淒涼而況獨坐無聊猶覺愈切前乎五六生之不成寐而形之詩也

建業三竒

茅生名友直吳人也精儒業熟声詩士人多善之者洪武初棹短舟之建業夜宿石頭城下旅思凄〻鄉心切〻推篷玩月愈覺無聊更值清明氣節而四野多慘哭之声遂自吟之其詩曰　節物催人到客邊江南風景逈堪憐魚兒池館新生水燕子人家又禁烟寒食節幾片落花寒食后數株高柳夕陽前春衫曉拭香羅雪駿馬嬌嘶白玉鞭綠水青山渾似畫煖雲芳草最宜眠松醪有客邀村社麥飯誰家湎墓田自愧道傍楊子宅十年閉戶蟲生氈　吟甫畢幾而

尖首大腹即舟多目方身即網身細而長即釣竿三詩亦自敘之實

以颶大作颶狂也江水沸騰浪若山疊視之不見聽之作猛烈声友直異之迫火戀友直于蓬牕中窺視乃見水中三物踴躍而來一物尖首大腹而其身甚長一物多目方身而其体甚黑最后一物身細而長已而忽作人言曰我輩遨遊江湖積有年矣捕魚破浪何所不能惜乎今皆置之無用也一物曰吾輩則无恙矣可酸辛則吾主人之塹魚腹也一物又曰今夕月白風清良夜甚佳請各吟咏以為遊賞之樂可乎于是尖首大腹之物先吟曰

艀艋飄飄一葉浮艀艋小舟也往來楚尾與吳頭衝開渡口烟波曉棹

破江心水月秋晒網穩維楊柳岸鳴榔遠过荻花瀨
漁翁藉此為生計不願人間萬户侯　冬目方身之
物吟曰　千縈百結密網緣長為漁家事討求眼目
撒開江浦膃網維牽動海天秋腥風起處收沙外碎
目篩時晒岸頭多少魚蝦遭害不知誰作此機謀
身細而長之物吟曰　一絲長係碧琅玕多在洞
江淵水間楊柳陰中鷺鷥躍蓼花香裡伴鷗鬧未肯
使者直徵聘兒見漁翁從抱還長占烟波典明月此
身應得出塵寰　大笑共趣友直之舟々幾覆沒舟
人大惧慮禍出不測友直乃正色拒之曰吾本吳下

儒生與若輩無相違背若輩何逞勢而讐我乎三物笑曰直戲君耳非真欲害君也遂相率而沒友直明日以其事白父老咸曰去年有漁人覆舟于此若類皆漁具也

新鐫全像評釋古今清談萬選卷之三終

新鐫全像評釋古今清談萬選卷之四

金陵　周近泉　繡梓

目録四卷

濠（野靈葩）

荔枝入夢

老桂成形

會稽妖桥

常山怪本

滁陽木叟　泗水脩真

巫山託處　西顧金車

花神
為家錦繡煇煌凝醉眼

吟咏

睢昜托跡烟霞爍爛瘦詩腸

開圃立亭傍植花木種種供遊玩爲公亦樂哉

睢陽奇藥

天順中睢陽禹昌祚者巨室也田連阡陌居擬王公獨鍾睢水之靈而富甲鄉民之背嘗擇山水環抱處宏闊一圃方六七里許圃中森立亭榭遍植嘉木奇花異卉無一不悉有且各暢達妍麗昌祚暇則遊衍其中或携朋拉友或奕盞傳觴時晴見清風來爽閒好鳥慧音時陰雨嘉池鯉躍金聽澗泉漱玉允茲勝圃矣設役守之名曰圃人圃人日伺門扃往往見有群女遊戲其中色濃妖媚態舞輕盈但遇人則散去杳無遺踪竟不知其何來也具以告昌祚昌祚不以爲

一曰丹心二曰忠臣像則葵之品中出衆矣

然日往視之時日色將晡殘霞微鮮俄見衆女子各衣錦繡自外而來丰姿愈麗笑語嬉如一女曰良辰美景萬物爭妍何必用羯鼓之相催也梨園事衆女笑曰居今之世何為論古之道哉請各賦一詩以見意庶無負此良辰可也衆唯唯一女遂先吟曰

年年開葵向炎光鍾愛令人實異常翠葉幾枝含暑雨丹心一點向朝陽芳姿可比忠臣像雅質渾如羽士裝但見清高超衆卉底須觀賞醉壺觴自題其葵

一女吟曰

紅刺青莖巧樣粧連春接夏氣芬芳新含麗色懸高架密布清陰覆小堂濃似猩猩憑露染

賈臣卿道其姓不狀其紅也

輕手燕燕逐風翔幾回白晝看明媚疑是賈臣歸故
鄉 自題其爲薔薇 一女吟曰 東皇去後始開花
異種多栽富貴家畏日烘開紅噴火薰風吹散絳燒
霞煌煌不異猩心血灼灼渾如鶴頂砂聞道舊生安
石國張騫移得到中華 自題其爲石榴 一女吟曰
不藉春工爲剪裁奇花偏向夏時開幽芳非是人
間有異種原從佛國來翠葉浮光涵雨露冰葩瑩潔
絕塵埃老僧對此清如水時有香生般若臺 自題其
爲茉莉 一女吟曰 一種靈苗在帝鄉碧天霞彩
煥文章不隨春色開金谷常沐天恩近玉堂日映宮

昌祚公喝散之后衆花乃隨以死亦怪不勝怪之一驗也

塀明雅麗風傳省掖散清香黃昏獨坐無人伴吟對穠華逸興長自題其爲紫薇一女吟曰雪魄冰姿俗不侵阿誰移植小窓陰若非月姊黃金釧難買天孫白玉簪曉色娟娟臨几席秋香冉冉透衣襟幽人自得林泉興時挹清香溢筆吟自題其爲玉簪昌祚細聆之知圃中無此女子必妖物也即挺身趨赴放聲大喝衆女子一時解散竟不知其所之後數日再來圃中但見萎蕾薇榴茉莉紫薇玉簪諸花皆死昌祚異之乃味其詩始知衆女子即衆花之妖云

驚散
綏德官河梅影夜隨明月轉

梅妖
長安石府妖魂時逐烈風飄

朗吟二律豪氣佚宕石亦傑于為律者耶

綏德梅華

景泰初石總兵諦亨西征振旅而還凱旋日也舟次綏德官河維時息兵休士捲甲偃旗從容停駐而不知日之西天之暝矣亨獨坐舟中無可對譚論者因扣舷朗詠二律其一曰 大明一統承平日海宇蒼生敢不毛天馬嘶花開首粟野人獻酒熟葡萄九重雨過江山潤萬里雲收日月高稽首犬戎應恐後西行大將捲征袍 其二懷古曰 上呑巴漢控瀟湘怒似連山淨鏡光已識縫囊直戲劇（魏帝事）應知校壘更荒唐（苻堅事）千秋釣艇歌明月萬里沙鷗弄夕

訴其原許字之家乃其改字不從之故芳華欲以理動石也所謂取以其方非與

陽花蠹清塵何寂寞好風帷屬往來商。吟罷有自得狀忽見一女子泝流啼哭而來連呼救人者三亨亟命軍士拯之視其顏色窈窕非常態問其故女泣曰妾姓梅氏芳華其名也原許字同里之尹家遲年伊家凌替父母厭其貧逼妾改字妾不從父母怒而箠撻甚至弗克自存活是故赴水幸蒙公相憐而救之此蓋生死而骨肉也亨詰之曰汝欲歸盧乎將為吾之側室乎女曰歸盧非所願也願為公相箕帚妾亨大悅易以新服載之後車而還迨至石府中以至恭事夫人以至誠待媵妾處童僕以恩延賓客以禮

芳華一梅花妖耳幻變成形淆當一時之人惜非于公之[illegible][illegible]變亦奇遇也哉

尼公私筵宴大小饔飧中饋之事悉以任之無不中節亨甚嬖愛之內外競稱其能且賢咸思一見其容色即王孫公子達官貴人至其第者亨輒令出見芳華唯唯如命人愈贊美而亨愈寵幸是年冬兵部尚書太子少保于公（諱謙）偶至亨第亨欲誇耀于公為設盛宴因令芳華濃飾出見芳華聞命獨異于昔者頻覺有難色亨固命之不從亨令侍婢輩督催之督催者絡繹于道芳華竟不出于公乃辭歸亨負慙沮復自召之芳華亦執不出亨不得已送于公歸遂大怒責之曰汝于吾府中凡往來尊貴所見者多矣

所謂邪不勝正偽不得亂真亦至言也不當以其人之妖而廢其言也

何至乎公而獨不肯見耶芳華惟泣而已不出一言亨武人也怒甚拔劍斫之芳華遂走入壁中言曰妾聞邪不勝正偽不得亂真妾非世人乃梅花之精偶竊日月之精華故成人類于大塊今于公棟梁之材社稷之器正人君子神人所欽妾安敢見之君不聞唐之愛妾不見狄梁公之事乎 武三思事妾亦于此永別而乃長吟一詩曰 老幹搓牙傍水涯年年先占百花魁冰稍得煖知春早雪色凌寒破臈開疎影夜隨明月轉暗香時逐好風來到頭結實歸廊廟始信調羹有大材 女自是不復見矣

蓮舟

月白風清詩思忽飄塵世外

夜賞

山青露薄蓮舟移向渭塘東

毛二生文言矣唐之雅賞心此樂哉

渭塘舟賞

華亭稽生諦士亨文人也與邑人毛龜年友善亦同以文學稱二生坐則促膝聯襟尋章作句遊則比肩合駕撫景寫懷鄉評擬以陳雷管鮑焉陳重雷義管仲鮑叔一日二生因事偕往渭塘是時夏夜天雖炎酷微風覺清更仰而月明星朗于上俯而蓮荷貼水香郁于下二子能無賞心乎乃即舟中設酌賞蓮共賦回文詩体一律曰

山青露薄亂雲飛目極遙空半落暉閑映晚霞紅片片水臨春樹緑依依閑鷗睡傍漁舟小倦馬蹄愁客路微蠻洞有樓高寨悲病多

五女子五花神也各吟一詩亦各自陳其本花耳

時復更獻歎忍辨吟之成復移舟于塘之東二先生盞對酌命僕者為斟釀忽起目見一樓高約數丈餘連接霄漢四面八窓洞〻燭〻中坐五女子顏色佳麗倚窓閑翫戲嬉笑語聲徹九天一女首倡曰值此月夜更徹清爽可無詩以自賞乎衆曰唯于是一女吟曰

翠神黃冠玉作神桃前梅後獨迎春水晶宮裡朝元客香酹山中得道人羅襪輕盈徹步月冰肌冷淡迥離塵何時移向紫宸殿乞與宮梅作近隣水仙自詠

一女吟曰

亭〻靜植水雲鄉不染淤泥異衆芳映水霞標傾國色迎風雲錦妬宮妝嬌嬈麗質

五詩俱各切係不俗不浮切忽含有風味

如西子綽約芳姿比六郎貌似蓮花好向溪亭追勝賞爲渠開酒卮清香　折蓮自詠　一女吟曰　馮夷捧出水雲中無玷無瑕筒〻同圓轉翠盤張曉露輕浮羅襪步香風凌波已作遮魚傘滌暑堪爲吸酒筒寄語浣沙人莫折殷勤留蓋水晶宮　荷葉自詠　一女吟曰　金氣稜〻澤國秋馬蘭花發滿汀洲富春山下連漁屋采石江邊映酒樓夜月叢深銀露浴夕陽陰瞑錦鱗遊王孫醉起應深惜鋪着紅絨毯不收

紅蓼自詠　一女吟曰江天秋老物凋殘花吐黃蘆葦半乾夜月一灘霜皎〻西風兩岸雪漫〻爲壇却

二生當良月良夜後耦五女子笑論上樓中信奇也可與古人天台藍橋並矣

蓼恣翁樂作絮誰憐孝子單忘卻扁舟叢裡宿曉來

悞作玉濤看　芦花自詠　吟畢五女子相對大笑合

極其懽二生坐舟中大喜謂遇之奇者莫是過矣少

頃聞樓上語云美哉舟中二年少惜咫尺天涯而不

能與之一語言未已乃五女各拋擲微物下舟中作

嬉戲狀聽之有聲二生命僕燃炬覓之則蓮子及藕

節諸物而已二生貪翫樂而忘歸返棹則不知殘角

譙樓傳聲清禁而滄吸已為之微曦命僕記其地翌

日再往訪之但見水仙灼々紅蓮焰々貼水荷葉芦

白蓼紅菁之樓閣美人不復見矣二生始大悟

河陽
一廟堂天府真君移地府

壺鎮

四花冉冉洛陽春色寄河陽

姚生去城遠天二鼓然非真君之廟少止宦邸或惟鄉中某河知也

野廟花神

河陽鉅邑也去城八里許舊有真君廟在南向塑真君像坐堂之中衛以衆將狀貌凛凛類公署然堂之階下兩傍好事者爲植辛夷麗春玉蘂含笑四名花廟既偉傑花復幽麗觀者竊心賞矣一日儒士姚姓諱天麟者河陽人也因訪友遠出及歸未獲入廓而天色已昏黑矣退無所及進無所之愴惶引望遙遙一古林奔赴之見林内有屋數椽意必民居也忙步詣其門及至有一蒼頭竚立于門外天麟揖而扣之曰此非旅館乎蒼頭笑曰誤矣堂堂巨室胡旅館乃

幞頭緋衣即真君殿中常服者獨此未變易也

府也天麟曰然則何居蒼頭曰河陽真君之宅天麟遂求蒼頭引見真君蒼頭不拒引天麟入重門至階下乃見一叟幞頭緋衣（緋赤色）端坐堂上天麟頓首曰僕河陽布衣姓姚名天麟迷路至此伏乞相容真君揖天麟起謂曰文士勿過為礼天麟起真君掖之上堂延坐以賓次復命蒼頭進以酒列以果與天麟對酌酒數行真君沾沾壵顧天麟謂曰家有四姬長于歌舞尤善吟詠欲出以侑觴恐見誚于大方文士也天麟避席謝曰重辱雅貺敢謂誚乎真君召之少頃四姬出見容色倍常態纖纖若仙侶謫降者真君

按麗春乃薔薇別種即今之月月紅有紅白二色

首命賦詩四姬請意眞君曰各以若名為題可也其一姬名辛夷自吟曰　桃杏飄殘春已終芳芽新吐王闌中筆拖紫粉非人力苞拆紅霞似化工露染清香凝蘸水風吹銛勢欲書空何當折向文房裏一掃千軍陣畧雄　其二姬名麗春自吟曰　一種根株數種花雨餘紅白靜交加精神未數趙飛燕顏色宛如張麗華倦倚春風躭宿酒溼沾曉露點靈砂東君自是豪門客吟對芳叢興覺賒　其三姬名玉蘂自吟曰　瓊花栁絮與山礬名品先賢辨別難數朶粧成冰片皎千枝刻出雪華寒唐昌覔種分歸植仙女

姚生既返而益脩厥德蓋始知舉頭三尺有神明矣

尋香折取看四首東君渾不管狂風滿地玉闌珊

其四姬名含笑吟曰　天與臙脂點絳唇東風滿面笑津津芳心自是歡情足醉臉長含喜氣新傾国有情偏惱客向陽無語似撩人紅塵多少愁眉者好入花林結近隣　吟畢真君命之歌歌罷真君命之舞其歌罷曲似鶯囀喬林舞纖腰即栁眠紫禁天麟盡歡酩酊少憩几席間忽覺天已明矣視之不見真君四姬所在獨一泥像儼然廟中堂題曰當境土地河陽真君廟兩傍四種花則辛夷麗春玉蕊含笑也天麟驚嘆而返自此益脩厥德云

籬邊
帶雨披霜彭澤籬邊心事舊

龝老
垂黃拽白含陽門外淚痕新

美人香閣謂何處也詢古有以下金石者亦止此謂之[illegible]若[illegible]想之理乎[illegible]態

和州遇菊

和州之含山別墅田廬也　四望寒廓草木蕃盛春花秋鳥幾度歲華人亦罕到之者洪熙間有士人戴君恩者適他所路迷偶過其地疊疊朱門重重綺閣烟雲縹緲望之若畫圖然君恩為驚訝謂不當有此華屋也佇立久之但見門內出二美人一衣黃一衣素笑迎于君恩前曰郎君才人也請垂一顧可乎君恩悅其人從之于是美人前導君恩後隨歷重門登崇階乃至中堂叙禮延坐羅列佳果飲以醇醪情極覺濃鬱君恩時半酣乃散步于中堂四壁見壁間掛數

道家仙服何黃衫曰學道粧

白菊二幅花葉清麗筆端秋色盈盈君恩大悦即命謂美人曰壁間畫菊甚工不可不贈以句當各吟一律何如于是黃衣美人先吟黃菊曰　芳叢燁燁厭秋光嬌倚西風學道粧一似義熙人來後冷烟疎雨幾重陽　君恩吟曰　平生霜露最能禁彭澤陶潛舊賞音蝴蝶不知秋已暮尚穿籬落戀殘金　白衣美人吟白菊曰　嫩寒籬落數枝開露粉吹香入酒杯却笑陶家狂老子　即潛也　眼花錯認白衣來　君恩吟白菊曰　冷香庭院曉霜濃粉蝶飛來不見踪寂寞有誰知晚節秋風江上白芙蓉　三人吟畢撫

言言說精
語語綿傳
美人果何
如人也

掌大笑彼此俱忘情矣君恩乃從容言曰娘子獨守孤幃寧無覩物傷情之感乎美人笑曰萬物之中惟人最靈吾豈匏瓜也哉焉能繫而不食其覩物傷情之感寧能免乎既見君子我心則降永偕琴瑟復奚疑哉是久二美人與君恩共薦枕席情愛尤加美人戲曰紅葉傳情非衒玉而求售君恩荅曰素琴感興非踰墻而相從翌日君恩辭歸美人泣曰恩情未足衾枕未溫安忍棄妾而遠去乎君恩曰固不忍舍其如家人之屬目懸切何去而復來庶幾兩全而無害矣于是黃衣美人出金掩鬓以贈別白衣美人出銀

二詩言別猶近鄉俚然寫離別之情亦約而盡

鳳釵二股以贈別金曰好掌二物聊見此衷伏乞覩物思人不忘妾于旦暮可也黃衣美人泣吟曰 山自清：水自流臨岐話別不勝愁含陽門外千條柳難繫檀郎欲去舟 白衣美人亦泣且吟曰 為道郎君赴遠行匆：不盡別離情眼前落葉紅如許揔是愁人淚染成 君恩欷歔哀泣下不及成韻慰答三人各含淚而別君恩歸第時切眷注或感夢寐或形詠嘆私心喜不自禁矣迨明年復有故他往道經別墅君恩謂可再見美人訪之則不知所在君恩驚以為神急取掩鬢鳳釵視之皆菊之黃白瓣也

四妓
爛熳百花任我品題供酒興

解吟

妖嬈四妓憑誰吟詠得詩材

韶一術士也能動士大夫之敬又能得郡守公之權亦謗所謂藝術動公術者

興化妖花

閩之漳州俗尚巫覡多幻沓有術士姓蕭名韶者其術尤精喝茅俾之成劍指杖俾之化龍昜〻也漳士大夫類禮遇之時興化守郎姓時秀名典之交亦稱密厚往來公署視若無人一日時方仲春韶從遠來謁郎〻甚為設宴于后園花台下酒數行韶曰昨送友人遠行偶成一律言以志別敢請君郢正郎曰願聞韶誦詩曰　乾坤意氣信吾曹清眼何當對濁醪倚柱不彈齊客劍為漁且問楚人舠小舟也梅花江上三山夢桂樹淮南八月濤回首異時應共惜術

野外一律不惟切体而且氣象冠裳郎因長于声詩也

令寒色到綈袍　郎曰詩甚工第其人恐未能當耳郎因動詩興而未得其題韶曰人率號不俟為野外閑往敢求佳句郎曰可遂口占一律　四顧茫茫草莽間不濱綠水不濱山九重紅日都門遠十里清陰桑柘閑風月就中無抵碍乾坤何處有関闌有草起自犂鉏手只為阿衡事業難　伊尹事　韶謝曰是足識不忘矣酒再行得酣半韶戲謂郎曰值此花辰無以為樂欲召數伎侑觴可乎郎亦笑曰吾意也不能致耳韶曰此法最易君試觀之韶作密語狀未復大聲曰疾來疾來勿遲俄見四妓各携樂器手姿冉冉

花神能變而成形已足異矣又能以詠種種皆然此亦奇之自人安得之自天然擬亦好事者文之耳予不得而決之

自後門中徐來見郎成禮畢郎命之坐而問其名一妓應聲曰妾等以花爲名妾名芍藥三妹則梨花杜鵑荼蘼也郎曰汝能詩乎妓曰僅足供韻郎謂韶曰但可各道本名花耳芍藥吟曰　衆芳落盡始鮮妍似與東君別有緣清氣未調金鼎內紅光先映玉堦前芳姿挹露嬌如語雅態依風醉欲眠曾記樂天薇省裏紫泥封罷賦詩聯　梨花吟曰　紅紫紛紛共鬧春何如潔白絕纖塵一枝帶雨冰魂冷幾樹含風雪色新鶯入金梭看易辨蝶穿玉魄認難真洗粧樹底貪歡笑猶記唐時對酒人　杜鵑吟曰　蜀帝飛

詔命四妓各術所能詩詠歌舞又命之去悉化爲花亦奇術也

身下九重只因讓國恨難窮啼來三月泪成血染就千山花盡紅爛熳霞張春雨裏熒煌火照夕陽中鶴林二女今安在回首人間事已空　荼蘼吟曰春歸紅紫盡飄揚玉友何如殿衆芳名字元來因酒得風流真可助詩狂青蛟竄走千條潤紫麝濃薰一架香幾度東風明月夜眼前彷彿見何郎　四妓吟而歌、羅而舞鶯喉纖細柳態輕盈郎為大笑極其歡讙所謂春宵一刻千金矣郎動情將欲犯之詔遽叱曰可以去矣四妓悉化為花乃芍藥梨花杜鵑荼蘼四花而已

媚茲
萬紫千紅色向洛陽呈富貴

相府

七言八句詩從相府逞精神

侂胄聚斂
求寵彰彰
得之好色
一一引見
相將大笑

花姬詩詠

嘉定間平章韓侂胄勢傾內外朝野側目媚事者舉海寓奇產珍玩之物無不供填相府矣侂胄視之蔑如也獨天性嗜酒好色略不知倦結懽韓相藉以醲醲絕色進輒得美官四川節度使程松進一美人號曰松壽事韓獲寵雙程遂累遷顯秩聞者競曰情實在是而可鑽而入也于是有江淮都統者曰明珠欲結韓相意乃遍買絕色四姬以進各隨花命名曰木樨金鳳金錢芭蕉四姬色本殊絕明珠又為飾以細紫文以錦綺遂稱月殿嫦娥侶矣進至韓府侂胄見

侂胄壽旦既有百官稱賀于外復有四姬侑觴于內古人謂三千珠履十二金釵藹其兼之矣

之大喜嘆曰未識人間有此絕色也即日陞明珠為江淮宣撫大使四姬周旋相府日夕承懽靡不當意一日侂胄壽旦百官畢賀儀帛錯陳張筵設樂聲動管絃韓為之豪飲幾酣入內府宴四姬捧觴上壽各執已名之花而請曰相公壽誕妾輩獻花賦詩以為南山之祝可乎侂胄許之一姬執木槿花吟曰　紅白娟娟繞竹籬繁華照眼不多時零露滋既逐晨光綻花落何隨暮色萎插鬢厭看兒女採偷香先遣蝶蜂知花中却是渠長命換舊添新歲月遲　一姬執金鳳花吟曰　憑誰種在漫亭峰奪得乾坤造化工丹

□前此於意不均上于一小十一句之奇者

穴威儀能耀日彩苞顔色欲翻風枝々映月推瓊白朶々粧霞絢錦紅花品稱名為美瑞最宜題品入詩筒　一姬執金錢花吟曰　陰陽造化賦花神鑄出金錢箇々匀日爍烟滋形不改風磨雨洗様還真色濃已買三秋景價重能供萬戶貧濡地若教皆可用蒼生盡作富豪人　一姬執芭蕉吟曰　濃分新綠映庭除一種靈苗体性殊嫩葉綠排斜界紙芳心香捲倒抽書翻旗鬣々秋風惡鳴玉蕭々夜雨踈折取掌中為小扇班姬製作莫能如　佢冑樂而沉醉翌日佢冑偕四姬往西湖遊賞親隨院童二人年芳而

按明珠後侂胄謂其狀二妖而斬之亦哀哉

美四姬心愛之二童亦屬意已而侂胄大醉臥于西軒鼾聲齁濃重四姬歎其熟睡遂與二童私通恣意謔浪略無顧忌韓既覺似有聞者欲罪之而不得其實乃一日于府中設宴命四姬侑觴侂胄佯醉作濃睡狀二童四姬遂于側室小齋交會焉胄起密往視之見四姬與二童裸体而臥笑語唧噥極其歡狎侂胄大怒即令武士縛二童并四姬于通衢侂胄親臨斬之二童之尸具在至四姬則惟見木槿金鳳金錢芭蕉四枝標及花葉而已侂胄大驚遠近咸異召明珠問之亦不知其所自云

花棚
剪翠裁紅金谷園中消日永

良晤

擕雲握雨花棚陰處覺春濃

范生欣賞百花園亦春日傍花隨柳之意

五美色殊

合州之成紀縣有富家者闢一圃植四時奇花于其内名曰百花園方圓計里許州邑之簪纓貴客罔不遊樂其中宣德七年春仲時范生名微者詩人也亦聞百花園之名至而遊賞焉見百花競秀萬卉爭妍微心悅懌乃吟詩二律其一曰

九十春光似酒濃栽紅剪翠費天工清香暗破臙脂國麗色粧成錦繡叢富貴昔歸金谷裡（金谷園）繁華又勝洛陽中（洛陽城）一年一見東風面回首那堪夢幻同

其二曰

春園春色正相宜少婦同行少婦隨（少婦春遊帅竹

人生大塊中光陰代謝老少迭際一大夢而美人花生在花間花棚一夢而已

不登樓人不見花間覓路鳥先知櫻桃解結垂簷子楊柳能低入戶枝山簡醉來歌一曲參差笑殺合州兒欲合州

詩成酒興愈狂豪飲自放不覺盛醉曲肱而卧于花棚之下芳魄隨花香以馥郁游魂逐蝶翅以飄揚彷彿杳冥中忽夢五美人嬉嬉然攜手而入色皆殊絕芳馨襲人微見而竒之揖而問其所自來且歷懇其名氏五美人各自陳一曰陶氏二曰李氏三曰杏氏四曰唐氏五曰牡氏復自言見才郎在此故來詢探耳微喆甚因以褻狎動五美人不之拒遂與交會于棚之下其春心蕩漾逸興遄飛固倍

先生得五美人既沭其清光復形詠詩諸可畫其情共述形之于夢寐也

常品上矣樂極各為賦詩自表陶氏吟曰　仙姿綽約絕纖埃曾是刘郎去後栽一種天工惟我愛十分春色為誰開玉皇殿上紅雲合金谷园中絳錦堆好看化成三汲浪蛟龍乘此起風雷　李氏吟曰　玉蘂銀英貯淡香不隨紅紫競芬芳冰霜骨格籠春色水月精神縞夜光魏武臺前含粉泪漢皇宫内學梅粧幽人雅性真清素吟對瓊林逸興長　杏氏吟曰二月東皇醉艷陽靚粧倚遍午橋莊紅光照滿珊瑚樹紫艷薰成錦繡裳幾度晚香來酒店一枝春色出隣墻書生對此多高興題品新詩入錦囊　唐氏

白花園之並言而臥已而夢夢而覺然則花生之神遇天台耶華胥耶南柯耶

吟曰　江南二月好韶光一種芳菲逈異常色艶春
風薰酔臉涙凝曉露濕啼粧絶憐西子偏貪睡却恨
東君不與香何事當年杜工部懶吟詩句入奚囊
牡氏吟曰　落盡殘紅始吐芳佳名號作百花王競
誇天下無雙艶獨占人間第一香酔態迎風嬌欲語
奇姿含露濕啼粧鬧花浪蘂君休看足稱栽培白晝
堂　五美人吟畢共為懽躍彼此牽紐作携手同行
態徵遂夢覺焉舉目四顧依然獨卧于花棚之下盍
復有所謂美人耶因具録之

東君
西苑為家一任英標濃國色

廣庇

東君作主免教紅紫襟苔痕

[illegible]逍樓直 [illegible]遁餌术 [illegible]益召 [illegible]扎

宛中奇辨

洛中有崔玄微者處士也建宅于洛苑東樓真耽道餌术茯苓三十載矣因藥盡領僮僕入嵩山深處採之迨畢方迴及至宅中久無人居蒿萊滿院時春季之夜風月清朗花香襲人玄微獨一院家人無故輙不到以故睡不成寐展轉間忽樵鼓已報三更矣俄有青衣人扣戶玄微啓戶問之青衣云在宛中住宛洛宛近欲與一兩女伴過至上東門中表處暫借此少憩歇可乎玄微許之須臾乃有十餘人隨青衣人入有綠裳者前曰某姓楊因指一人曰李氏又一人

花各以其本名為姓宜也乃風則謂之封十八姨此尤巧于隱託也

曰陶氏又指一緋衣小女曰姓石名醋〻各有侍女輩玄微相見畢乃命坐于月下問出行之由對曰欲往封十八姨處姨數日云欲來相看不得今夕衆往看之坐未定門外報封家姨來也坐皆驚喜出迎楊氏云主人甚賢只此從容數語尤勝恐諸處未佳于此也玄微又出封氏（封即風）言詞冷〻有林下風氣遂揖入坐色皆殊絶滿院芳香馞〻觸鼻處士命酒各歌以送之玄微志其二焉有紅裳人與白衣送酒歌曰　皎潔玉顏勝白雪況乃當年對風月沉吟不敢怨東風自嘆容華暗消歇　又白衣人送酒歌曰

酒汚醋〻衣而醋〻即拂衣起是同此求庇而彼恨不及庇也

絳衣披拂露盈〻淡染臙脂一朵輕自恨紅顏留不住莫怨春風道薄情　至封姨持盞性輕挑翻酒酒汚醋〻衣醋〻怒曰諸郎奉求余不奉求也　即相求也　拂衣而起十八姨曰小娘子美酒皆起至門外別十八姨南去諸子西入苑中而遠玄微亦不致異明夜又來云欲往十八姨處醋〻怒曰何用更去封嫗舍乎有事只求處士可矣玄微問故醋〻曰諸女伴住苑中每歲多被惡風所撓居止不安故常求封十八姨相庇昨醋〻不能抵卒歸受難爲壓搖落今借力處士倘不拒當有微報玄微曰某何力得及諸

玄微謂下士意在長生乃不得之自發洩之以花神護于嵩山之行高篤矣

女醋〻曰但處士每歲〻日作一朱幡上圖日月五星之文于苑東立之則免難矣今歲已過但請至此月二十一日平旦微有東風則立之庶免于難也玄微許之衆乃羅拜而去累期玄微果如其言立一幡但見東風刮地自洛南來折樹飛沙而苑中繁花不動如故玄微乃悟諸女姓氏及衣服顏色之異皆衆花之精也緋衣名醋〻即石榴也封姨即風神也後數夜楊氏輩復來謝各裹以桃李花數斗謂崔曰服此可延年却老願長作此地主而某等亦獲長生也崔服之果驗云

處士
嫩蘂奇葩已屬貴官潘縣去

奇英

香魂馥魄胡從處士石家來

此令酒有請是亦可就此但不問之也可為果然遂從諸人隊答可

濠野靈葩

濠州有成器者字廷用處士也賦性率直嚴以持已不少假借至于待人接物處譪譪一誠家計亦覺饒裕獨居一所即家人無故不輕至焉一日當暮夜閒坐忽一蒼頭揖進曰石處士奉邀器直人也竟不辨其處士為誰即與蒼頭偕往行不里許見喬林一望華屋數間宛然一鄉境也至門石處士縞衣策杖出迎延之中堂叙相見禮坐以賓次謂器曰坐邀隱[illegible]幸勿見咎為陳魯酌即魯酒特屈駕臨于是升[illegible]堂則見其殺核已羅列矣器謂處士曰胡為而[illegible]

應曰尺門搗門閉北[illegible]上姓也特記詞耳卽錄子之寓言

招也石處士曰吾與宅上先人為故交特此酧之君火趍庭寧未聞耶遂彼此歡洽酒及半闌石處士曰家有四妓不但謳歌閒稱善且吟咏亦覺有可取當出以侑觴遂呼四妓出四妓聞命挾樂器冉冉而來各以姓通一應氏又皮氏揚氏陶氏視之皆殊色也由是歎之吹彈响遏行雲褋之歌舞梁塵飛半逃梁中空極一時之樂事矣酒又傳觥情靡紀極石處士口彈歌肅事也不足為故人樂若輩須各吟律詩一首以悅故人之聽可乎四妓唯唯承命石處士先命應氏應氏吟曰

色染丹砂顆顆殊　極知品味勝醍

四詩數語遊有樹枝、枇杷又又楊梅荔蜀宮香並其失而已

酬張井美 蜀王國内栽多樹王母皆前種幾株野鳥啄時銜火寶山猿盜處落紅珠時人未敢輕先食摘取冰盤進帝都 石處士次命皮氏皮氏吟曰 盧家生質姓名香大業籠雲似耳長磊磊迎風千顆秀纍纍向日數株黃色匀外面懸金彈味養中心釀玉漿五月園林渾似橘也知不待洞庭霜 石處士三命楊氏楊氏吟曰 序屬朱明首夏天楊家果熟滿林懸枝頭顆顆朱丸小葉底纍纍赭彈圓鶴頂染成偏潤龍睛攀下血猶鮮瑶池勝集神仙會好共蟠桃獻壽筵 石處士末命而陶氏吟曰 丹砂為骨

石處士自吟亦以述实何器不悟而乃翌日之往酬耶

菊為衣雨染烟蒸亜滿枝圓實廣垂紅瑪瑙酡顏新染紫臙脂七枚獻處稱王母三度偷來憶漢兒長壽仙人期共啖何時携手上瑶池　石處亦自吟曰

數仞崖峩踞假山四時不改秀蟠〻鳥從翡翠屏邊過人在丹青畫裡看蒼雪龍㕓迷曲徑白雲梅影入詩壇何當卜築層崖下盟共松筠傲歲寒　吟已大笑盡懽而别天已明矣翌日器率僮僕携酒肴訪石處士意在酬之及至處士故宅一無所見惟假山峻峭而櫻桃枇杷楊梅葡萄諸果爛爛而已器始悟其為妖鳥

夢入
曠野同遊遍目尚餘山水勝

南柯

鈞天一夢倦魂猶帶荔枝香

訪友同遊
戶詩清幽
拆書不惜
伏公戟酒
郭

荔枝入夢

閩越舊產荔枝品奇絶至六月成熟味美可嘉色紅可愛世珎異之元符末建寧有譚徽之文士也一日拉友人同遊附廓諸名山攀梯逐磴深入岩岑至一谷見石床坦峭溪澗迂迴友人曰此商山乎徽之感懷遂占一律詩曰　南入商山松路深石床溪水晝陰陰雲中採藥隨旄節洞裡耕田映綠林直上烟霞空舉手迴經丘隴自傷心武陵花木應長在　桃源縣　願與門人更一尋　詩成謂友人曰君無言乎友人亦占一律曰　危岑百尺樹森森雖有山光未有陰

徽之愛荔枝益其魂出也迷郊遇故有是變非妖也

鶴侶正宜芳景引玉人那爲薄書沉山合瑞氣偏迷日鳥逐輕風不在林更有阮郎迷路處（阮肇事）萬枝紅樹一谿深

詩畢二人携手而歸載歌載笑亦云樂矣友人先別獨徽之逍遥而行至近郊見一園荔枝垂熟纍纍然紅鮮足愛徽之採之食覺倦遂少憩樹下朦朧中夢至一室一美人盛服出迎曰辱大君子垂一盼已切感佩矣敢屈少叙遂携手入行夫婦之禮徽之問其姓美人吟曰

妾生原自越閩間六月南州始薦盤肉嫩色苞丹鳳髓皮枯稜澁紫鷄冠咽殘風味消心渴嚼破天心濺齒寒却憶當年妃子

枕上古意述言也但取其意之深而已余不暇悉

笑貴妃 紅塵一騎過長安 吟已而寢情極委宛美人又于枕上吟古意二首其一云 君好桃李姿妾好松栢老桃李禁春風飄零委芳草不如松栢枝青青長自好 其二云 君好紅螺杯妾好青鸞鏡螺杯泛香醪飲之亂人性不如鏡生光可以照欹正翌日徽之求去美人泣曰恩情易阻會晤難期君何言去之速耶徽之曰固知情稠而意密只恐樂極以悲生耳予之所以欲去也美人不得已為設酒以餞肴無所治惟一具盤剜席中見其果紅色顆顆如珠徽之亦不暇食惟沉吟而已美人為慇解拭淚復吟

相思別調詞話貫串切

回　相見更何日相思何獨悲紅頰春中帶白髮路岐別來曾幾何霜露忽淒其仰見明月光衆星羅參差熠燿已宵飛蟪蛄鳴庭怵感之不成寐淚下那可揮西風吹羅幌念子寒無衣豈不感嬌愛知者當為誰頤君歲令德努力愛容輝棄捐勿復道況憂令人老　吟羅送徵之行至門外涕泣不已徵之亦為之動情彼此繾綣帶淚而別才移數步亟回首不覺傾跌而驚醒矣張目視之乃偃卧于荔枝樹下心始悟其感妖甚驚嘆之

國色
國色呈祥久已月宮禁露冷
杏美酒

天香
天香毓秀暫從瀲浦了塵緣

八月既望非尋常月夜而已矣人所謂三五良宵也時獨賦者

老桂成形

浙之仁和秋明善者家計豐裕性復倜儻飲則不至酩獨嘗學知詩人目之曰羲谿士也洪熙中有故之海鹽舟至澉浦東七里許天已暝矣時八月既望舟桂薦香金風來爽明善覺興發豪吟一詩曰 萬里長空一色秋淡雲殘靄屬誰收月明銀漢三千界人醉金峰十二樓竹葉色飄豪士興桂花香滿少年頭憑誰傳到嫦娥語留我蟾宮自在遊 詩已棄舟陸步遙見前村隱隱有燈燭光緩移數步赴之至則居然一酒肆也明善竟入肆門惟見一女子貌甚美

女子自叙世族姓名磊然一桂也明善不悟者亦以色慾蔽之耳

因明善至喜曰郎君為飲而來耶抑亦醉翁之意不為飲耶明善但應之曰為飲女遂引明善至室後小軒扁曰天香毓秀極其整潔女問曰郎君尊姓貴里何州明善曰僕姓狄諱明善杭之仁和人也敢問芳卿尊姓女曰妾姓桂名淑芳世族燕山　五桂　嚴君早喪宗屬凋零故僑居于此以貨酒為治生計遂命侍婢名麗春者設席治酒及果核女與明善對酌酒次酣明善詠桂一律曰　玉宇無塵風露凉連雲老翠吐新黃種分蟾窟根應異名出燕山秀迥常綴樹粧成金粟子逼人清噴水沉香今宵欲折高枝去分付

明善借詩寫其與柏如拆其名同看

嫦娥自主張　女覺其意因笑曰君之詩自御溝中來乎謂其為紅葉彼此褻近明善往不自禁復吟一律曰　露如輕雨月如霜不見銀河見鴈行音杭虛暈入池波自泛滿輪當苑桂偏香春日幾望黃龍闕雲路寧分白玉郎安得嫦娥離月殿殷勤共我對清光

女聞詩益動乃不俟請而相與寢居其狎昵之私不待言說矣相對燕笑動經數日明善忽思歸辭謝女不允又越數日辭之力女知不可留泣曰君此去會晤不再但因事至此地倘不吝一見乃妾之至願也明善亦為欷歔女作斷腸曲送之云　五陵遊俠

斷腸一曲亦寫不盡相思之情

少年子春風日、、長安市錦韉玉轡青驊騮執馬從與也蛇弓羽簇于金袞尋花折柳章臺路圖紅疊翠詩豪富歸來醉卧流蘇帳醉中猶記朝雲詞青樓只道春光好蘭窓雨打梨花老 右徵調 江頭浪白烟如織行舟一去無消息去年有書在洛中今年書到上林卬蘭釭昨夜生金粟今日長安問龜卜出門不識東與西遊絲落絮隨風迷 右商調 明善與女大慟而別抵家無夕不夢女明年秋明善再訪之至則豊草喬林遠近一色獨老桂夾道而花而已昔之美人安在哉

清夜
青眼久舒漢禁已知無箇伴

雄譚
細腰輕擺會稽自覺有同心

舊有妖柝傳事固足異而傳其事者載記詳明々詞復後逸予因錄之

會稽妖柝

熙寧間有陶彖者福人也以令至秀州携其子希侃遊學希侃美丰姿尚恢詭涉山水而怡情侶花酒以適意長吟獨詠慕景興懷慨然有超天下志而功名事不足爲也一日道經會稽山名泊舟山下時微風棲林淡月㨾水希侃不能成寐起未數步忽香氣郁〻可人凝眄間一娉婷參前陶生驚謂曰夢耶祟耶妖曰羨君高懷特伴岑獨生問其居址遠近妖答曰門崖壁石頋在咫尺青山我主人菱葑我隣比也生曰獨居荒寂得無至此一遣乎妖曰非也送月迎[illegible]

日則閒心談而便入佳境

此下牢騷言也是以每業必筐木門中者

何居之獨啼鶯語燕何荒之寂月飄遥于烟水之幻無所謝也又何假於一遣乎陶因微笑牽妖袖並坐月中引身私之妖亦不拒因問生曰操帆徙漣碌〻何之使得久留當堅永約生曰此中頗耳柰家尊赴宦且羈慾翩身固難舍也妖憮然唏吁曰君猶未知乎青苗椶法荊棘當途指時政政殆者有投林之想矣君乃欲為風中之樹耶生曰拙哉子言將使我埋光丘壑乎妖曰徙木南門者孰與種梅孤山之為逸着花長安者何如摘菊籬下之為高隱是並較孰謂丘壑非賢者事哉生曰是固然但君子疾泯〻耳妖

妖怪反〻
衮〻議論
作端大意
欲脚牛
鄉未功名
傷術自得
雖未得尚
論之常然
亦足以法
后述者之
再思

曰王庭三槐賓家五桂不可謂不芬馥也今未幾而雨露凄凉凋殘相繼甚者將軍之大樹斧斤及之矣何赫〻何偲〻也生曰此皆身後遇耳何足云妖曰茹之四老子採薇二餓夫其來不知幾許時矣而商山首陽之秀蹄至今與霜松雪竹同清者何耶生曰此聖耳若中人無一遇如虗生何妖曰此不可強也如吾輩有步生金蓮者有粧飛梅蕚者下此而又有蒸梨見逐啖棗求去者夫婦且尔况丈夫乎故天苟我遇則廟揀堂梁天不我遇〻則塗楞泥櫟遇不遇命也人乎哉不然淵之前叓傳之節倫幾何而不一節

辯論不劣
戒慨愈切
非仙風道
骨者不能

皈朽爛之岩之下也生曰允若茲何以自別妖曰豈有異哉杏園一宴桃李春官雖典草莽蓬蒿者不同及其南柯夢後衰草荒榛朝烟暮雨同一丘耳孰今梧檟之典樲棘乎生曰世方汲汲功名而子獨以忤衆者望我耶妖曰正欲悟君耳彼垂涎富貴者不啻望梅之渴妄意功名者誆無松蔓之思彼將謂根深蒂固也豈知桑榆之景易窮草頭之露易涸方將宴笑中堂而長夜之室人已為我築矣恐夫生曰將高潔以遯死耶妖曰死固难免但當值此死也苟朝求井上之李暮拔园中之葵勞苦萬狀也廟栢

段段有章法有句法有字法且典則古雅洞達時變可學

成龍雷陽感竹終無益也而況未必得此乎若夫托跡赤松隱身綠橘飡菊英紉蘭佩猿鶴同夢木石通情日享天地間至樂事果可與恒人論歲月乎以此評死孰值而孰負耶生喜曰悟矣但子胡與達若是也妖曰章臺日微漢禁隋堤非昔霸陵門户閒者疎而隨者少故特此僑寓耳生曰有兄弟否妖曰紫荆伐後箕豆相煎念本憐枝者誰與生曰盍求一交妖曰金蘭契絕勢利成風負荆人遠青松落色又安所求乎生曰若然人可絕矣妖曰朝廷鮮勝任之良幹郡縣乏敷惠之甘棠趙家喬木壽若庸材又受袖下

憂樂二段精神倍倍才思洋洋極之情狀幽盡無余種

王呂之牛羊矣人誰與哉生曰子之居此憂耶樂耶妖曰方其淒風寒雨杳偎桃殘山路蕭條愁雲十里皆是荒蘚敗情祛魂消不可謂無憂也及其芳洲晴樓一簇翠烟画舫玉驄酒旗搖映又或送夕陽掛新月暮蟬數咽野鳥一鳴萬縷春光心怡意適殆不知造物之有盡也夫誰曰不樂乎生咲曰樂則樂第火一知心也妖亦咲曰久滌青眼奉不若郎君是以不辭李下私嬿覓赴桑間密約生挽手曰俗心已破矣第不能寄此身妖曰是不難即當潜名澗壑俯結松蘿寄跡雲霞聯名緣木山樵泉飲鶴伴鷗賓上蹤孥野

讀此一段足醒朝秦暮楚厭飫諂食者之噩夢

之孤犁下續桐江之一線秅杖穿花山壺藉草時慶
遶乎松杉日心飛于蘭桂不特與竹林而較勝且將
與桃源而爭芳何必喘慕紫薇之臺閣有挨黃棘之
門墻韁鎖情懷桎梏手足以自取辱哉生見其傳洽
多聞嫋娜艷冶意必仙種也求與懽洽彼此諧和起
別時鷄三唱矣生問其姓妖曰厶不必牽衣問阿嬌
當情久已屬長條吳王山上無人處幾度臨風夜舞
腰　生溺于欲竟不解而去明夜復來生匿之舟中
欲與之任妖不悅曰妾奉蒲姿于君者寔欲與君開
綠野之堂結白蓮之社株武安之藥種邵平之瓜冷

妍、撈語陶生而陰山上卒大悟今之白髮為紗覺頭玉嫗背耙妖撈陶生何如也

沒岩雲湖水中也顏可自蹈危枝為人振落哉生一不能舍哀、懇乞再四乃泛及抵秀南季餘生遘疾幾不起家恐其有異延法師設壇治之妖初不為意後法師懸觀音像宣楞嚴秘密神呪妖乃請去泣謂生曰久與子遊將益子壽非祟子也今永別矣作詩泣曰

仲冬三七是良時江上多緣與子期今日臨岐一杯酒共君千里遠相思

遂去不復見生疾亦尋愈方知其妖撈也因繹其言改名為希靖不求仕進歸家享年壽云

木怪
四老求和廊廟莫教需棟宇
卷之四
四三

求生

一言獲庇常山從此飽風霜

詩有感嘆有古樂止部君知止知足之時也

常山怪木

永樂五年常山有邵十朋者富人也與里人黃若虛聯兒女戚誼並以貲積豐厚稱十朋一夕宴坐將至夜分酒酣情放斜月自殘歌浪聲空潭龍驚起無已朗吟一律曰　生涯心事已蹉跎樽酒依然此重過平聲近比始知黃葉落向南空見白雲多常山日〻人將老寒渚年〻水自波華髮相逢今若是再來秋草復如何　誦罷復自酌性愈豐覺豪逸不自禁忽蒼頭報云外有叩門者十朋令問其姓蒼頭漫傳云四耆老言求入見十朋許之蒼頭為啓門引進但見四

敘事頗甚宛有情得太史公家季者

老形瘦而脩髯長而秀其色蒼其衣綠不待問而坐
言訖、、不策杖而步履祁、、揖十朋而謂曰予乃松
檜栢槐四處処士也有蕭牆不測求庇于公故不辭昏
夜而來耳十朋與之坐而問焉四老曰予輩隣比仝
覩王右虛家已深歷世數矣延聽細人之言加斧斤
于我竊聞與滅繼絕君子之本心扶顛持危仁人之
素志伏仗四天之力以極四人之生尚當思為啣結
報謝十朋曰然則欲何為耶四老曰得公片言以和
解則彼必從矣彼從而吾輩可無患也十朋曰諾四
老躍然喜九口上号相與各賦一詩而歸松處士先吟曰

每詩俱切而足味

聳漢昂霄百丈長四時黛色老蒼〻髮綠翡翠龍霧皮肉嶙峋傲雪霜地植香脂凝琥珀風傳清韻奏笙簫大材未許庸工伐留與王家作棟梁題松

檜處士吟曰　輪囷高倚五雲端密葉婆娑翠作團材大肯同天地老色濃不畏雪霜寒陰籠白鶴雲邊宿影動蒼龍月下蟠帶得山川烟霧氣一團秋意逼吟壇題檜

栢處士吟曰　厚地根盤太古時拏雲攫霧屈虬枝雪霜不死真心在雨露長含黛色奇廊廟未尋梁棟器山林空老虎龍姿挺然御史臺前立夜卧冰輪月一規題栢

桂處士吟曰　自昔王家[illegible]

松檜柏槐四木也尚知求消則好生惡殺之心不但人類爲然矣

潭長栽成老〻樹色蒼：　綠枝密覆儒官市黄萼仁催
舉子裝蟻夢穴中閑永晝蟬聲葉底送斜陽何時取、
予來飡服學得神仙不老方　吟訖四老羅拜致謝
而去翌日十朋如約造若虛家備陳四老獨受語併
其詩內為慰解期在必從若虛驚曰歷數吾隣舍數
上上戶並不知有松檜柏槐四處士也沉思久之始撫
髀嘆曰噫是矣吾將構小堂一所欲伐後園松檜柏
槐四樹作棟梁今未舉行而物已先覺誠異也吾不
忍伐之矣事竟寢焉

山庄
古木陰陰百尺謾同天地老

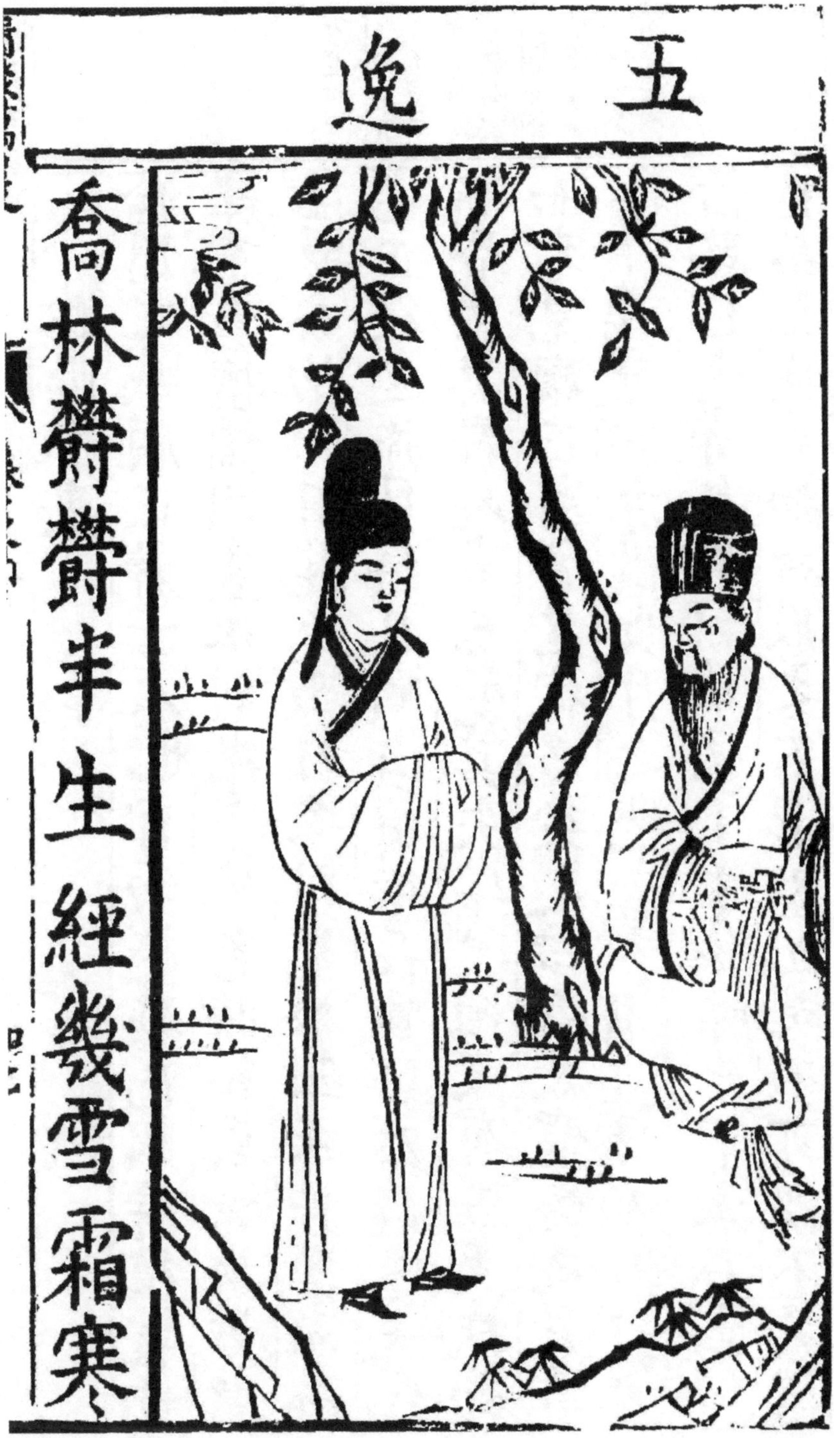
五逸
喬林欝欝半生經幾雪霜寒

方西村之行滅何心于五叟五叟亦何心于滅兩不相期而相值幸矣

滁陽木叟

滁州之滅順正者士人也甫幼趨庭已聞詩禮長而肄業藝檀儒門晝永則拋書倦息時和或散步芳原當景泰初一日遊于西村之別墅拾翠尋芳樂而忘倦止欲返旆見斜日啣山嶺猿長嘯歸路既迷天色漸昏黑莫辨此衷已覺其失寧知頃之有五叟扶節而來見順正有倉皇狀乃笑之曰子效窮途之哭者乎阮籍事抑亦傲步月之樂者乎張生事順正曰今前路已迷寄身荒寂鶴唳于上猿啼于下木石為侶魍魎為徒焉知四肢之不溝壑也是不可謂不哭然

順正自叙其不哭不樂處亦自有排懷居出塵累品上

而長烟一空皓月千里清風薦爽喬木羅陰獨訪吟恂窮奧谷山鍾野笛惠我好音飄飄然有身世兩忘之態而又安知遠之窮乎此則不可謂不樂也叟笑曰樂固矣第持千金軀投之暮夜窮危之地竊爲哲人不取也順正曰李之何叟曰予輩荒庄去此乃咫尺耳請君聯床夜話可乎順正謝曰甚感遂與偕行不半里許見叢林中一茅屋即叟居也五叟引順正但席地而坐順正問其姓氏五叟曰予輩謂之山庄五逸無姓可稱也蓋予輩得天地之裁培受造化之滋養可以引鳳而棲鸞可以藏鶯而養蠶但今皆

五叟各不言姓氏而詩中已露其意是亦不告之告也

老矣不能用也一叟曰杞梓連抱而有數尺之朽良工不棄予輩非廢材烏可棄耶又一叟曰奚必喋喋往事哉盍各占詩為文士樂于是一叟乃先吟曰亭亭直幹老雲林應是栽培歲月深明月枝頭凄鳳宿清風葉底一蟬吟黃飄金井催秋色翠覆銀床落午陰莫為斧斤來伐取良材留得作瑤琴 題梧 一叟吟曰 天然佳景盡難同玉露凋殘葉盡紅幾樹飄蕭秋雨裡千章爛熳夕陽中吳天恍若晴霞泛楚岸渾如野火共回首不知光景換等閑零落逐西風 題楓 一叟吟曰漏泄韶光到臘盡時籠烟鎖霧萬絲

詩且與實
玩之嘗意
味焉未

準絲綿畫黃鳥鳴春樹哽咽玄蟬噪晚枝彭澤縣前花
似雪未央宮裡葉如眉寄言把酒陽關路莫折柔枝
贈別離　題柳　一叟曰　五畝之家植遶墻柔枝沃
葉色蒼蒼濃陰夾道迷青霧翠影連畦透夕陽錦雉
不驚沾德化冰蠶初熟藉芬芳穴中探得金環去隣
舍兒童知姓羊　題桑　一叟吟曰　直幹連雲翠作
堆故家不厭滿庭栽一竿瀟洒迎鸞舞萬葉婆娑引
鳳來勁節不爭春悏艷虛心已作歲寒魁何時斬得
長枝去要製金鰲海上回　題竹　詩畢天明五叟散
去顧正獨坐叢林之中遂驚嘆而還

夢回
術士揷花倏爾指揮成幻夢
清談萬選
卷之四
四九

悟道

貝生受害翻然省悟熄凡心

時泰生富後貧失之自守昔人謂富貴少驕奢此其人也

泗水脩真

泗州有貝時泰其先巨室財殖累萬億因傳奕奢淫家計日就削窘不下十餘歲而囊橐已蕩如矣迨窮始思〻而善心生然時已無及故猛自警省不屑仰面朱門遂入天蓬觀脩道無何數年不成中心怏〻嘗自吟曰　過眼光陰去孰追半生塵土涴征衣買臣无嘆行年晉伯玉空知往事非春雨又蘇邊地草秋風應老故山薇細思磨杵今何在錯向滄浪問釣磯　凡遇傷感必發之聲韻類如此一日忽有真人至其觀自號無為子〻神采英毅言動異常時泰重之

世之人徼利交言成風同戒何所謂道何所謂脩道若彼青巾破衲之徒則又丐者之别名色喪肥滅心尤甚

于是延之坐而問曰僕有志上游清脩苦行非一矣而竟阻于入道之門老師其謂之何真人曰噫而謂道者如精金美玉無瑕疵之玷今子雖爾清脩而心实未寧雖爾苦行而志实未篤惡乎成且子自恃果能真知利欲之害能禁之而不為乎（存心論）乃子觀後摘一芙蓉一鷄冠一槐花一蘭花置之枕上令時泰少憩于枕時泰如其言須臾熟睡夢至一處朱門翠幙隱隱大家中出一叟迎時泰入其家至後堂茶且話隨命四女出見種種絕色各自陳其名長曰芙蓉次曰鷄冠又次曰槐英末曰蘭香時泰于是夜

夢裡閑吟亦足以供青衫者之一哄

宿于小斋未及寝處四女私通于泰周且復始極尽恩愛芙蓉吟曰　緑雲丹臉水仙容如典花王行輩同富貴不遙三月裡繁華偏鬧九秋中根株肯歷風霜候顔色皆因造化工疑是曲江開宴賞玉人沉醉綺羅叢　鷄冠吟曰　堂高數尺傍簷楹號作鷄冠舊有名帶雨低垂疑飲啄因風高舉似飛騰不凋不落丹砂老非剪非裁紫錦明縱使嫦娥憐絕色廣寒無地夢难成・槐英吟曰　百尺亭亭黛色蒼西風開處滿林黃高低密映宮庭靜零落能催舉子忙引蟬声鳴夕照驚蜂蝶恋秋香何時採入楓宸去

好色好貨人之情則介乎寤夢寐之間亦然

染衣須奉使郎　蘭香吟曰　栽從綺石綴芳叢宜艾紛紛敢與同艷吐渥丹凝瑞露芳抽紺綠泛光風秀呈美質謝庭下暗度幽香楚畹中不有當時夫子在誰傳雅操入枯桐　時泰悅其才貌貪心遂起遂誘四女竊其家貲五鼓逃去行一二里許后之追者群至縛之到官官司鞫之得其情判為奸盜將斬于市時泰臨刑大慟舉身流汗既覺乃偃卧于枕間耳真人笑曰利欲之事樂乎害乎時泰曰心知其害矣真人教以法經年成道而去

花前
寄跡巫山帶雨為誰拖黛色

酬勸
托身防禦臨風猶自惜嬌容

老夫引姬昏夜來衙意者所謂闖而來與

巫山託處

元統甲寅貴州米防禦官職諱濟民家業饒裕年踰不惑而尤艱于後嗣雖侍妾數輩求其叶夢熊羆衍螽斯之秩〻者則未矣防禦憂之一日宴坐堂中忽隷卒報云外有一老引一姬來見防禦驚訝親迎之見姬姿容瑩潔美玉無瑕丰度飄嬈垂楊舞醉眉灣而新月掛天目盼而秋波様目嬝嬝婷婷絕色也意甚悅延坐問曰老夫何家老者曰巫山之陽古木蒼〻我宅其傍防禦曰何事老曰干戈簇〻民受屠戮逃遁頥宿防禦許之坐久從容謂其老曰吾家多侍

敘巫山二[illegible]與霄[illegible]如

妻而少出老夫肯以令愛屬我乎萬一衍嗣則今日富貴令愛有之矣幸熟籌之老叟曰予亦貧而無子者日不自給止此女孩今未輕字許嫁也既得相憐敬頓事箕帚防禦歡呼踴躍命設宴以款待老曰小女名瑞香善歌咏請命以題庶賦之為觴侑可乎防禦曰汝家巫山以巫山高作題瑞香乃歌曰 巫山高高望不極疊巘連崖倚天碧雲裡芙蓉十二峰宛如神女脫粧濃襄王已去今千載行雨行雲尚有踪朝朝暮暮荒臺下幾見行人時駐馬玉珮仙香杳不聞空有神巫奏歌舞路入楓林樹色青古祠飛雨亂

[illegible]卷之四 五四

此叟辭令竟扣輪與所亦妖物之戲八面假托耶

昔生相思何處戀魂斷木葉蕭蕭猿夜声 防禦樂甚縱酒大醉翌日老辭歸防禦以銀伍錠酬之老笑曰鄙拙無嗣欲銀無所措但能以心酬之足矣防禦感謝而其老去一日防禦與瑞香宴于后園戲謂曰汝名瑞香當以此題咏之瑞香笑而吟曰 玲瓏巧蹙紫羅裳異粤奇花近小堂帶露欲開宜夜月臨風徹困怯春霜叢揮名字來吟社殫壓芳菲入醉鄉輸與老禪方丈裡薰衣不用水沉香 防禦奇之又一日携瑞香駕舟遊樂又謂之曰舟行亦樂矣汝當以舟中所事咏之山香應聲吟曰 蘭橈萬轉望汀洲

防禦以瑞香而殺身瑞香以妖祟而不庇

似接雲峰到若耶舊浦遠來移渡口垂楊深處有人家洛陽春色千年在巴蜀鄉心萬里賒巫山蜀地歸去後時如有問扁舟慢槳數蓮花　防禦笑曰子鄉關念矣曲為慰諭盡歡而罷由是愛出房幃寵踰諸妾遠近傳揚之矣是時丞相伯顏擅權用事生殺予奪道路以目聞米防禦有妾名瑞香色若西施才傾詠雪欲面之而無其策適有諂防禦謀不軌者伯顏下令本州籍沒其家遠防禦及妻妾入京隸執瑞縛之怨不知其所在矣

玉珮
玉珮來時笑態上眉凝淺綠

金車

金車去處泪痕侵臉落輕紅

按金車美人固非塵世族類亦非水怪化妖車自西來意必西池仙女輩也

西顧金車

陳郡謝翱者嘗擧進士好為七言詩寓居長安昇道理所居庭中多牡丹一日晚霽南行百步許眺終南峰山名佇立久之見一騎自西馳來及近乃雙環高髻靜粧雅服色甚姝麗至翱所因駐謂翱曰郎非見待耶翱曰步此徒望山耳雙環笑降拜曰願郎歸所居翱不測即迴望其居見青衣三四人偕立門外翱益駭異入門青衣俱前拜既入見堂中設茵毯張帳幃罩帳錦繡輝映異香馥郁翱愕然且懼不敢問一人前曰郎何懼固不損耳頃之有金車至門見一美

夜闌求去乞来詞看很語褻行則其來也或亦在詩耳詎有他識

人年十六七丰貌美麗代所未識降車入門與翱相見坐于西軒謂翱曰此地有名花故來與君相約耳翱惧稍釋美人即為設饌同食其器用食物莫不珎豐潔静出玉杯命酒遍酌翱因問曰女郎何為者得非怪乎美人笑而不答固請之乃曰君但知非人則已矣所問也夜闌謂翱曰其家甚遠今將歸聞君善七言詩願見贈翱命筆賦曰

陽臺後會杳無期碧樹烟深玉漏遲半夜香風滿庭月花前竟發楚王詩

美人求紙筆書答得碧箋一幅題曰

相思無路莫相思風裹花開只片時惆悵金闌却歸去曉鶯啼

金車侍從自西而來[illegible][illegible]也

斷綠楊枝　筆札甚工翱称賞良久美人遂登車翱
送至門揮涕而別未數十步車與人物俱無見矣翱
異其事因記美人詩于筒中明年春下第東歸至新
豐地名久舍逆旅因步月長望追感前事又為詩曰
一紙華牋逸麗雲餘香猶在墨猶新空添滿目淒
涼景不見三山縹緲人斜月照衣今夜夢落花啼雨
去年春深閨更有堪愁處愁上蟲絲壁上塵　既而
朗吟之忽聞車聲西來甚急俄見金車從數騎視其
從者乃前時雙鬟驚問之双鬟駐車謂翱曰通衢中
恨不得一見翱請其舍旅不可又問所下荅曰將之